ÉCORCES VIVES

DU MÊME AUTEUR

ÉCORCES VIVES, Actes Sud, 2018 (prix Première) ; Babel noir n° 242.

ISBN 978-2-330-14147-9

ALEXANDRE LENOT

ÉCORCES VIVES

roman

BABEL NOIR

Il existe un mythe iroquois qui décrit le dilemme devant lequel se trouva un jour ce peuple. […] Les tribus réunies en conseil pour décider du prochain lieu de chasse choisirent des terres qui étaient – à leur insu – habitées par des loups. En conséquence, les Iroquois subirent des attaques répétées qui finirent par décimer leurs rangs et il fallut trancher : partir ou tuer les loups ?

Conscients que la deuxième option les aurait abaissés, réduits à la sorte de personne qu'ils ne voulaient pas être, ils migrèrent. Et pour éviter de reproduire l'erreur initiale, ils convinrent que, lors de toutes les futures réunions du conseil, quelqu'un serait désigné pour représenter les loups, et on l'inviterait à s'exprimer en posant la question : "qui parle au nom du loup ?"

MARK ROWLANDS,
Le Philosophe et le Loup.
Liberté, fraternité, leçons du monde sauvage.

Un pays est nécessaire, ne serait-ce que pour avoir le goût d'en partir. Un pays, ça veut dire ne pas être seul, savoir que dans les gens, dans les plantes, dans la terre, il y a quelque chose de toi qui, même quand tu n'y es pas, reste à t'attendre.

CESARE PAVESE

Si seulement nous avions le courage des oiseaux qui chantent
Dans le vent glacé.

DOMINIQUE A,
Le Courage des oiseaux.

En mémoire de Caossar,
et pour Sophie,
évidemment.

1

ÉLI

Il aurait voulu avoir de la dynamite. Il n'avait que de l'alcool, dans lequel il tentait de se noyer tout entier. Il avait pris un bus, puis un train, puis un autre train, puis un car, puis il avait volé un vélo qui avait déraillé puis il avait marché. Il s'était éloigné sans même y penser, mû par le simple refus de l'immobilité. Il avait balancé son téléphone par la fenêtre, quelque part après Moulins. L'appareil venait de lui apprendre l'extinction, totale et définitive, du léopard d'Égypte. Il était venu dans le Nord du Cantal, sur ces terres que tout le monde s'évertuait à fuir depuis au moins trois ou quatre générations, et il était aussi seul qu'il avait souhaité l'être, enfoui au bout de la vallée, pris entre des massifs noirs qui ne laissaient pas passer grand-chose.

Seul avec ses épaules voûtées, sa barbe blanchissante, à l'heure de poser sa hache, de s'asseoir enfin. Seul accroupi dans la terre humide et les odeurs d'humus. Seul avec tout ce qu'il portait : la mémoire de ses combats, les douleurs de ses défaites, les cicatrices de leurs rêves. Ses rêves et les siens, à elle qui ne viendrait plus ici. Il avait le sentiment d'être le dernier de sa tribu, le dernier de son espèce, et que plus personne ne viendrait raviver ses feux. Siskiyou partie, personne ne lui dessinerait plus la carte du ciel-qui-tombe, personne ne lui chanterait plus l'or du matin et la pluie du soir, personne ne lui tiendrait plus les mains quand elles tremblent. Personne ne songerait à soigner sa voix brisée. Personne ne lui ferait de parade digne d'un soleil ou d'une comète. Personne ne descendrait jamais de lui, et personne ne l'appellerait vieux père au crépuscule de sa vie. Personne ne lui embrasserait les yeux au soir du grand sommeil et personne n'égrènerait ses poussières à sa mort.

Il avait passé la nuit là, le cul crotté, entre la maison de Siskiyou, une toute petite réserve à grains aux murs épais qu'on avait transformée en habitation, et l'ancien corps de ferme en ruine qui lui faisait face. L'aube n'était plus très loin, le noir se teintait de gris et les étoiles s'éteignaient. Tout était blafard, à cette heure. Il se leva d'un bond, maladroit. Il trouva les clés de la remise, et là le réservoir d'essence de la tondeuse. Il rassembla des bouteilles de verre vides et des chiffons graisseux. Y ajouta du liquide vaisselle et du vinaigre.

À l'impact, le toit prit feu instantanément. Le deuxième cocktail Molotov passa par un grand trou dans la façade de la vieille ruine. Il enflamma le parquet du premier étage. Pour la dernière bouteille, il se retourna et s'approcha au plus près de la maison de Siskiyou, vit par une fenêtre ouverte le canapé élimé, la table ronde couverte d'une toile cirée fleurie et le joli poêle à bois vert foncé. Il ferma les yeux pour ne pas pleurer, et lança son engin, à l'aveugle, de toutes ses forces. La chaleur lui sauta au visage comme une bête affamée.

En quelques minutes, la ruine entière se transforma en torche et hurla. Du métal grinçait, du vieux bois explosait. Les ronces qui grimpaient sur les murs se rabougrirent et prirent feu à leur tour. De l'autre côté, c'était moins spectaculaire, de la fumée surtout, du gris et des bouffées de noir.

Il revint à sa station, accroupi entre les deux maisons, ramena sa capuche sur son visage. Il avait entendu quelques animaux s'aventurer près de lui dans la nuit, une chouette dans un merisier et sans doute quelques biches dans le champ en contrebas, près de la rivière. Lui revinrent à l'esprit ces rituels indiens où on se couvre le visage de cendre en guise de deuil. Ça sentait le feu de bois, et par-dessus la peur, sa propre peur, alors que les flammes fleurissaient, que la végétation tout autour était prise à son tour. Le feu bondissait, joueur ayant perdu la raison, se propageant dans tout le hameau. Le grand peuplier au bord de la rivière s'embrasa d'un coup, les flammes partant de la base et se précipitant à son sommet comme si elles se livraient une course sans merci, et il sursauta, peut-être pas aussi stoïque qu'il espérait l'être. Avait-il crié ? Il refusa de se lever, s'agrippa à l'idée de ne pas bouger, de rester là, advienne que pourra, le visage en plein dans le brasier. C'est qu'il voulait désespérément être courageux, plus courageux qu'il ne l'avait jamais été. Il s'imaginait sans doute qu'alors la chaleur sécherait ses larmes, que le feu l'apaiserait enfin, se disait que sinon il n'avait qu'à se laisser réduire à néant une bonne fois pour toutes.

C'est là qu'il la vit, dans la clarté étrange de ce minuscule matin gris parcouru par le feu, en haut de la butte qui surplombait le hameau, là où le bitume s'arrêtait et où il ne restait plus qu'un petit chemin de terre.

Une silhouette fine, pas bien grande, peut-être une enfant, dont on ne distinguait pas les traits, juste des cheveux roux qui s'échappaient d'une capuche de laine grise. Elle se tenait en silence au début du sentier, pas surprise et pas effrayée, mais pas non plus tranquille, le corps comme ceux des chiens en arrêt, fixe et tendu.

Peut-être voulait-il l'éloigner, ou alors l'attraper : il se mit à courir vers elle. Il jeta un œil sur la maison qui partait en fumée et quand son regard revint vers le chemin, il n'y avait plus personne.

2

LAURENTIN

Chaque matin, le capitaine Laurentin attend patiemment que la lumière du jour daigne se montrer et percer à travers les volets. Plus jeune, il adorait dormir les volets ouverts et se laisser réveiller par les premières lueurs de l'aube, mais Jeanne, qui accordait une grande importance à son sommeil, détestait ça. Ce fut un des innombrables compromis qui émaillèrent leur vie à deux, c'est-à-dire qu'il se rangea à ses exigences : fermer les volets chaque soir était vite devenu un pli qu'il avait pris et qu'il ne perdrait plus jamais.

Il n'a fait d'exception, par distraction, qu'hier. Le téléphone qui ne lui sert jamais et qu'il songe régulièrement à jeter a sonné alors qu'il se brossait les dents. C'était la voix empotée de son enfant, qui butait comme toujours sur les deux syllabes de Papa. C'était la voix empotée de sa fille devenue femme, de la petite blondeur joueuse devenue femme de fer, encline aux regards trempés dans l'acier du ressentiment, aux mots jetés dans le désordre pour faire mal, trouver le défaut de la cuirasse sans vraiment l'oser tout à fait. C'était la voix de cette femme désormais étrangère, venue le trouver jusqu'en son exil pour l'informer du remariage de sa mère. Dehors, c'était le début d'un hiver veule traversé d'averses sans majesté. Dedans, c'était le sentiment amer d'avoir été rejeté, scié comme une branche disgracieuse qui fait trop d'ombre. Il a raccroché. Il a compris dès le premier mot que c'était du fiel qu'on lui déversait dans l'oreille.

Il s'est servi un café qu'il n'a finalement pas touché, son odeur africaine ne profiterait qu'au plafond en bois. Il est sorti nu-tête, d'un coup, comme s'il venait de se rappeler qu'il avait laissé les courses sur le pas de la porte, et il a emmené ses chiens en direction de la montagne. C'est une longue marche, il en avait pour toute la matinée, et dès le début il a senti que le temps allait bientôt tourner. Des nuages chargés volaient depuis le lac en ligne droite, gorgés d'eau, et l'odeur de l'orage se propageait encore plus vite que son ombre. Les chiens commençaient à couiner, d'abord étonnés qu'il ne se livre à aucun de leurs jeux coutumiers et ensuite inquiétés par les échos du tonnerre lointain.

Il est d'ordinaire très attentif aux inquiétudes de ses protégés, tous les deux aussi impressionnants qu'impressionnables. Il aime leur allure efflanquée, leurs immenses silhouettes filiformes. Ils sont si grands que les gens – même ceux du coin qui les connaissent pourtant bien – en ont toujours un peu peur. Ça ne le dérange pas. On dirait même que ça l'amuse parfois, si tant est que les subites lueurs qu'on décèle dans le gris de ses pupilles quand ses yeux se plissent sont bien l'expression de l'amusement.

C'est qu'en les regardant un peu attentivement, on se rend vite compte à quel point ils sont timides. C'est dans le fléchissement de leurs pattes, dans la courbe de leurs dos, dans leur façon de prêter le flanc. Mais regarder attentivement quoi que ce soit, c'est quelque chose qui ne se fait plus trop par ici, fût-ce un pauvre chien. C'est une habitude qui s'est perdue, un exercice devenu trop compliqué, une source potentielle de hasard à éviter par-dessus tout.

Leurs yeux traduisent pourtant un désir d'obéissance inextinguible. Leurs vies se résument aux caresses qu'on leur prodigue et à l'activité monomaniaque que leur instinct, des siècles de sélection et de dressage leur ont enseignée : essayer d'attraper des oiseaux. Ça l'embêterait qu'ils attrapent un milan. Il les trouve beaux et il a rencontré une jeune fille dans un village voisin qui essaie de sensibiliser les agriculteurs à la disparition prochaine de ces rapaces. Elle ressemblait à Jeanne, jeune. La même passion dans les yeux et dans les mains, dans ses mains qu'elle agitait en parlant.

Ce jour-là, les oiseaux ont fui l'orage en premier, puis les chiens se sont mis à japper sans que leur maître ne leur prête attention. Il était surpris de ressentir tant de peine à l'annonce du mariage de Jeanne. Tout s'était apaisé entre eux, avec le temps. Ils n'étaient certes pas devenus amis, et ne recherchaient pas la compagnie de l'autre. Nulle complicité n'était venue remplacer leur vieil amour et seule l'enfant avait justifié la petite forme de commerce qu'il avait bien fallu entretenir. Mais même ça s'était amenuisé. Ils s'étaient séparés comme on fend une bûche, en trois ou quatre coups bien puissants.

Aux premiers temps, il la maudissait férocement. Il récitait le soir, ivre dans des bars peuplés d'inconnus, la liste de ses crimes, énumérait ses mensonges, établissait une nomenclature de ses manipulations. Mais il avait vite réalisé qu'il n'avait pas assez de goût pour l'ivresse pour boire tous les soirs et qu'il ne l'aimait plus assez pour la détester réellement. Il avait vite cessé de changer de trottoir lorsqu'il voyait se profiler sa silhouette familière, à peine épaissie par les années passées. Il avait même pris l'habitude de leurs brèves conversations occasionnelles sans intérêt, les questions rituelles sur leurs santés respectives et de petites interrogations qui marquaient sans doute une forme ténue et limitée de tendresse, celle qu'on a pour les souvenirs lointains et les erreurs bénignes. Il avait même distraitement serré la main de l'homme qui avait détruit son mariage. Et puis, il avait laissé passer un délai acceptable et il était parti, il avait quitté la ville pour la gendarmerie dans les montagnes, pour les longues marches avec ses chiens, pour les silences imposants, pour les nuages qu'on peut voir arriver de loin.

L'orage a fini par les rattraper, noyant rapidement les contreforts de la grande montagne sous un rideau de gris et de bleu. Ses pieds s'enfonçaient dans la boue et ils dérapaient, l'homme et ses chiens, sur les pentes qui subitement paraissaient bien abruptes. Au moindre coup de tonnerre, ils baissaient la tête de concert, presque jusqu'au sol, comme si une main de fer invisible et injuste entendait leur rappeler les vertus de la soumission, et leurs yeux se faisaient encore plus larmoyants que d'habitude. Il a maudit sa jambe, ce genou foutu qui lui arrache des grincements de dents dans toutes les circonstances imaginables. Quand il pleut, quand ça glisse, quand il reste assis trop longtemps. Quand il est obligé de grimper des escaliers trop ardus, ou, pire, quand il doit les descendre, quand un relief de trottoir, une protubérance malveillante de bitume mal étalé, échappe à sa vigilance. Et quand il se retrouve à patauger comme un con dans un sentier boueux en compagnie de chiens affolés.

On l'a toujours connu boitillant. Il dit qu'il a perdu son genou mais il ne précise jamais comment. Parmi les gendarmes, le bruit court que c'est une balle qui lui a pulvérisé la rotule, et qu'il a été décoré. Personne n'ose trop lui demander. Il y a dans les yeux de cet homme quelque chose qui incite à la prudence et au respect des distances de sécurité. On sait que chez lui les plantes ne passent jamais l'hiver, on le sait né très loin d'ici, à l'étranger, de parents voyageurs, on sait qu'il ne chasse pas et qu'il ne coupe pas lui-même son bois. On ne sait rien.

Le capitaine Laurentin a mal en permanence. Toutes les circonstances de la vie le lui rappellent. Mais il se souvient que cette douleur n'est que résiduelle. Elle n'est pas grand-chose par rapport à sa lointaine cousine, celle qui s'était installée à demeure au temps où des chirurgiens s'acharnaient sur son genou désarticulé pour en refaire quelque chose d'à peu près fonctionnel, et où des infirmières la nuit venue se montraient généreuses en morphine.

Dans les souvenirs de ce temps-là, il y a ceux de Jeanne. Elle avait décidé de ne pas le lâcher. Cette belle femme au front calme et aux joues rosées l'avait agrippé avec douceur et fermeté pour l'empêcher de sombrer.

C'est la sortie de l'hôpital qui s'était révélée la plus difficile : la dose de drogue que l'on voulait bien lui injecter allait en décroissant. Il avait encore passé quelques mois alité. Aujourd'hui cela ressemble dans son souvenir à une simple parenthèse d'inactivité aussi fugace qu'un vol d'oies au-dessus du lac, mais à l'époque ce fut un véritable calvaire de petits inconforts passagers, de grandes souffrances subites, de mauvaise humeur perpétuelle, et de ce qu'il avait sans doute le plus détesté : la dépendance et l'attente. Attendre que quelqu'un vienne lui passer le journal posé sur la table basse, hors de portée, à moins de trois mètres de son lit. Attendre, les fois où il avait bien fallu se lever, que les opiacés fassent taire l'immense souffrance qui oblitérait le monde. Attendre Jeanne qui revenait de son travail chaque midi pour déjeuner, lui lisait les journaux, lui coupait les cheveux et le rasait, et essayer de ne pas l'accabler de demandes et de récriminations. Il se souviendrait longtemps des toilettes si petites qu'il devait plier les jambes pour fermer la porte. Comme cela était impossible, il devait chier la porte ouverte après lui avoir, à voix basse, demandé de sortir.

Elle avait réaménagé tout l'appartement pour que son lit se trouve au salon et qu'il puisse regarder par la fenêtre vers les toits de la ville. Chez le kinésithérapeute, elle l'attendait en feuilletant distraitement le journal. Lorsqu'il avait enfin pu remarcher, elle l'accompagnait pour de toutes petites balades épuisantes, s'émerveillant jour après jour du même paysage et de ses infimes progrès. Et elle avait fêté le retour de sa libido de manière décomplexée et tellement naturelle qu'aujourd'hui encore il en pleure presque.

Le jour officiel de sa guérison, alors qu'en sortant de chez le médecin il avait enfin pu marcher sans canne et presque sans appréhension, il avait réellement l'impression que la vie allait reprendre à peu près comme avant. Il s'était trompé et il a la tête d'un homme qui, ayant redoublé de précautions, s'est quand même fait avoir.

Il est opiniâtre, dur au mal, borné et méticuleux. Il est très peu loquace. On sent qu'il y a une mer intérieure chez cet homme, mais c'est une intuition que rien n'est jamais venu confirmer. On le voit au petit matin ouvrir les bureaux et il est souvent le dernier à en partir. Certains le croisent patrouillant le dimanche. On le dit travailleur et froid, honnête et distant. Il a une réputation de bon sens. Il aurait pu devenir populaire, s'il avait seulement pris la peine de répondre de temps en temps aux voisins qui lui demandent son avis sur le climat, les pluies surtout, les éoliennes installées de l'autre côté du col, l'aménagement des jardins bourgeois, celui des potagers ouvriers, le sport, les résultats de Clermont en rugby et de Saint-Étienne en football, les voitures, les outils, la pose de fenêtres, l'entretien des motocyclettes, la chasse, la pêche, et même parfois la musique quand s'échappent de sa voiture des notes de piano. Sa simple présence semble parfois aplanir des conflits et des rivalités qu'on croyait centenaires.

Il n'a presque pas fait d'effort pour aller dans le sens de cet enthousiasme. Les propositions affluèrent : d'encadrer les classes vertes ou de participer à des battues à rejoindre une liste pour les municipales. Il n'en a accepté qu'une, la plus étrange pour un estropié. Un samedi matin, il a dirigé sa première séance d'entraînement au club de football, montrant à des enfants de huit à dix ans comment contrôler un ballon du droit pour le renvoyer du gauche, puis l'inverse. Il économisait ses mouvements, et comme il pleuvait il avait l'air aussi à l'aise sur la pelouse qu'un patineur débutant, mais il est rapidement apparu qu'il connaissait son affaire et qu'il savait parler aux mômes.

Il est finalement rentré trempé jusqu'aux os, et il a laissé les chiens s'ébrouer dans la maison. Tremblant de fièvre, une légère douleur pulsant dans son genou, il a pris une longue douche brûlante et s'est couché en oubliant de fermer les volets. Ce matin, il a un sacré mal de crâne qui a immédiatement effacé le souvenir des rêves confus de la nuit. Il ne sait pas si c'est la lumière du soleil levant se glissant jusque sous ses paupières ou la sonnerie stridente du téléphone de service – on lui annonce un feu étrange dans les gorges de la Brume, on lui demande s'il faut envoyer quelqu'un – mais il se jure qu'il n'oubliera plus jamais de fermer les volets, puis il se souvient qu'il s'est juré de ne plus jamais jurer de rien.

3

LOUISE

C'est si banal. Médiocre, se dit-elle, et banal. Elle avait avancé jusque-là portée par l'amour de ses parents, entraînée par celui de ses frères aînés, propulsée par celui de son premier amour qui venait écrire "Louise, je t'aime" à la craie sur le trottoir pendant la nuit. Elle était si confiante. Implacablement confiante. Confiante de nature. Même une fois le premier amour enterré, les frères aînés envolés, les parents pressés de la voir à son tour déserter, le dernier enfant encore au nid – le dernier rempart avant la liberté. Même après les premières tristesses, les premières blessures. Elle prenait un plaisir fou à la sociabilité lycéenne, à l'apprentissage des lettres, au déchiffrage du monde, au défrichage de ses désirs. Et puis.

Et puis elle avait raté le concours d'entrée en école d'art, elle avait senti sur ses lèvres, sur le bout de sa langue, le goût étrange, acier pourri et chairs congelées, du premier échec. Elle avait senti sa colonne vertébrale ployer, elle s'était dit, c'est donc cela un navire qui tangue, et du haut de sa hune, obnubilée par l'idée de ne pas tomber, elle n'avait pas vu le prédateur s'avancer.

Et puis vint un adulte dont les gestes déplacés ne s'arrêtèrent pas au premier refus, ni au deuxième, ni plus jamais. Pas un inconnu, évidemment. Pas un monstre venu du fond de la nuit, faisant irruption dans une vie fragile simplement parce que c'était là son trajet. Non. Un visage connu, elle ne dirait jamais qui, là depuis des années, comme en embuscade. Quelqu'un qui l'avait encouragée, qui la voyant peindre l'avait emmenée à Paris avec sa propre fille voir des expositions, qui lui avait offert des pinceaux dans une boutique rouge juste à la sortie d'une station de métro appelée Filles-du-Calvaire, ça l'avait marquée.

Elle repense à ce jour-là. Le soir venait de tomber sur leurs vies confortables de périphérie. Sur le chemin qui menait à la maison, elle voyait les lumières du foyer familial, elle entendait le rire de sa mère, sentait les odeurs du dîner. Tout était harmonieux, et tout lui semblait fermé, lointain, inaccessible. Parce que si elle entrait dans cette pièce-là, rien de tout cela ne pourrait plus survivre. Elle était humide, elle se sentait humide, de la tête aux pieds et jusqu'aux os, au creux de ses hanches, sous ses bras, derrière ses genoux, à l'intérieur de ses cuisses. Elle avait un marécage à la place des tripes et du sexe. Que dire qui ne viendrait pas tout détruire ? Plus rien n'était dicible. Il faudrait savoir construire des digues aux proportions inhumaines pour retrouver l'usage de la parole.

Alors elle invente. Alors, la voilà. Elle s'est trouvé un endroit si différent qu'elle peut se croire en pays étranger. Les Américains qui tiennent la ferme de Cézerat cherchaient quelqu'un pour s'occuper des animaux qu'ils recueillent. Il y a là une demi-douzaine de chevaux, certains très vieux, l'un presque infirme, des chats et des chiens, un petit veau, et des perchoirs pour les rapaces et autres oiseaux de passage. Les deux retraités ont des allures de grands-parents. Ils ont la parole rare, le regard parfois tendre, pas très souvent. Les premiers temps, ils ne posaient que très peu de questions. Ils lui assurent le gîte et le couvert en échange de son travail. Ils ne captent Internet et la télévision que par satellite. On ne peut la joindre sur son téléphone portable que quand elle s'aventure à la ville la plus proche, qui s'appelle Fond-du-Lac. Elle répond aux mails une fois par semaine. Elle assure que tout va bien, que tout va pour le mieux, qu'ici le ciel est bleu.

Elle nettoie les écuries, elle perd du poids, elle prend des épaules, elle ne prononce parfois qu'une dizaine de mots dans la journée. C'est un travail harassant mais elle se veut harassée. Elle ne monte jamais les chevaux, elle les emmène marcher. Ici, la terre est immense. Dans certains coins, on tombe sur des tourbières et alors elle s'arrête ; les chevaux et elle, ils ne font plus rien, ils respirent, ils se prennent à aimer cette odeur. Elle se sent ancestrale, loin de rien et reliée à tout. Elle se sent fossile agile, et ses sentiments deviennent légers comme des nuages de vapeur. Ils flottent, irraisonnés, et s'irisent doucement au gré de la lumière du jour. Elle est, chaque jour, plus légère que la veille. Ses jours de congé, elle les passe à arpenter la montagne et les bois. Elle a l'impression que plus haut elle marche, plus la lumière entre en elle.

Elle dort dans une petite bâtisse en face de la ferme, un four à pain rénové. La chaleur y vient du plancher, tout y est doux, et ils évitent d'y entrer. Quand Fiona a quelque chose à lui dire, elle se tient à deux mètres de la porte et refuse obstinément de seulement regarder à l'intérieur.

En arrivant ici, elle ne supportait plus ni la musique ni les images, mais voilà que peu à peu elle s'y remet. Andrew a une vieille armoire dans laquelle traînent des centaines et des centaines de disques vinyles. Il la laisse choisir chaque soir un disque. La première fois elle prend *The Notorious Byrd Brothers*, pour le cheval sur la pochette.

Catch me if you can, I'm going back.

Ici, personne ne va nulle part. Il lui confie, avec des airs de conspirateur et de sa voix juvénile qui tranche tant avec son visage buriné, que c'est une musique bien trop vieille pour elle.

Ils s'aiment comme des adolescents réservés, ces deux-là. Ils ont l'air bienveillants, prudents, calmes. Ils lui demandent ce que font ses parents, et se satisfont de ses courtes réponses factuelles. Ils s'intéressent à ses frères. Un soir, ils lui racontent qu'ils ont dérogé à leur sacro-sainte écoute de la NPR pour écouter France Inter et qu'ils ont entendu le plus grand. “Il a l'air sacrément intelligent, tu dois être très fière de lui”, lui dit Fiona. Louise ne sait même pas s'ils ont des enfants.

Elle coche sur un calendrier les dates de la fête des Pères et de la fête des Mères. Elle prépare méticuleusement chaque anniversaire. Elle se branche sur l'Internet satellitaire, elle envoie une photo à développer, elle paie une fortune en frais de port, elle attend qu'elle arrive par la poste, et puis elle marche jusqu'au village voisin, la déposer dans une boîte aux lettres qui n'est relevée que deux fois par semaine. À chaque membre de la famille, elle adresse une image avec quelques mots. Récemment, elle a eu envie de dessiner par-dessus, ou de faire des collages.

Parfois, ils lui demandent si elle veut bien les aider au potager. Elle apprend à sarcler, elle bêche et elle repique. Elle fabrique son premier perchoir, elle coupe une souche en deux à la hache avant de l'évider au ciseau à bois. Elle apprend à ne pas le clouer à l'arbre mais à l'y attacher avec un bout de bois mort pour ne pas blesser le tronc vivant. Comme Fiona a parfois trop mal aux pieds, de temps en temps c'est elle qui accompagne Andrew aux champignons. Il lui montre ceux qu'il ne faut même pas toucher. Il dit que c'est comme certains sentiments dont il ne faut pas s'approcher tant qu'on n'est pas prêt. Il en reste là, pudique, dans le silence relatif des sous-bois.

En dehors d'eux, elle ne voit quasiment personne. Des visages flous dans les quelques voitures sur la route, lorsqu'elle s'y aventure pour de petites randonnées. Des vieilles gens cloîtrées dans des bâtisses aux allures de vestige. Des agriculteurs fatigués quand elle débarque près de leurs fermes au hasard de ses marches. Des silhouettes fourbues et âgées, des hommes bourrus au verbe rare, bien décidés à ne pas se laisser distraire. Personne ici ne ressemble à un bon père de famille, capable de se pencher d'un coup sur elle, de la plaquer contre sa voiture et de chercher sa bouche, malgré ses poings, malgré ses sanglots, malgré la présence juste là à quelques mètres de sa famille qui ne voit pas ce qui se passe sur l'allée du garage, dans le noir d'une innocente nuit d'été.

4

ÉLI

Il s'est caché dans la forêt quand ils sont venus voir. Il a mangé des champignons, un peu au hasard, et il a eu de la chance. Il a entendu des voitures, et même un hélicoptère, des chiens, puis plus rien.

Le hameau a fumé pendant plusieurs jours. Le peuplier est tombé en travers du pont, s'est brisé à l'impact et d'énormes morceaux calcinés gisent maintenant au fond de l'eau. Le vieux pont, lui, n'a rien.

Il ne sait plus très bien s'il fait chaud ou froid, si c'est la vie qui ralentit ou lui, si l'hiver va se décider à venir ou pas. Il sait que le beau temps ne reviendra pas et que ce qui devrait tenir ne tiendra jamais. Il s'amuse à faire du calcul mental, à extrapoler le nombre d'aiguilles sur un sapin, pour oublier que désormais s'il vient à flancher personne ne s'occupera de lui. Il a le sentiment de quitter peu à peu la civilisation, il n'est même plus certain de savoir lire. Il se souvient qu'avant il préférait dormir sur le ventre, mais il ne sait plus dormir la nuit. C'est le jour qu'il s'allonge sous les arbres.

Il aurait été bien en peine de dire quoi que ce soit, les pensées articulées semblent s'enfuir à tire-d'aile comme les buses qu'il surprend parfois à la fin de ses longues siestes. Il commence avec peine à comprendre ses désirs. Il aurait juste voulu qu'on lui tienne la main, qu'on prenne de ses nouvelles, qu'on l'emmène à l'ombre, qu'on le débarrasse de toute ambition, de toute velléité, qu'on le croie s'il déclare avoir toujours fait de son mieux, qu'on prenne ses peurs au sérieux, qu'on lui fasse l'amour tout doucement, qu'on le laisse dormir et faire la paix, qu'on lui offre un peu de répit et qu'on le protège quand il s'assoupit. Qu'on comble enfin le trou qu'il avait au milieu de l'âme – avec du béton, du verre, du bois flotté, tout ce qu'on aurait pu dégoter. Mais ça, se rappelle-t-il, même Siskiyou n'avait pas su.

Il trouve ça fatigant d'être le garçon chagrin. Il veut qu'on lui arrache ses souvenirs, qu'on en fasse de la purée, de la fumée, de la cendre. Il a espéré que les souffrances de son corps les chasseraient, comme on chasse le démon de l'enveloppe charnelle des possédés. Il est transpercé par les courbatures, il a des crevasses plein le dos, et il est tombé d'un arbre. Il a un bleu de la taille d'une carte océanographique sur la clavicule et il peut parcourir du doigt les écorchures que les branches ont fait naître, petits signes cabalistiques, sur son front, ses joues, son cou.

Il n'est pas si loin le temps où on pouvait guetter les augures, où on pouvait se fier aux cartes, avoir foi en leurs prédictions et imaginer qu'elles guideraient le voyageur honnête à bon port. Accepter de croire qu'elles savaient vraiment de quoi est fait l'espace entre deux continents, qu'elles avaient raison de dire qu'une étoile est un repère fiable et pas juste une explosion lointaine décorant un ciel indifférent. C'était le temps des marches dans le Vercors, des danses à Jérusalem, des sept mers qu'on franchissait en une enjambée. C'était un long voyage vers ses bras, ses jolis petits bras, qu'on occupait à faire les loups dans le vent.

Mais tout ça c'est du flan, c'est ce que lui disent ses articulations qui continuent à le porter malgré lui, ces arbres qui ne le protègent de rien, ce feu qui n'a servi qu'à éclairer le vide. Les cartographes sont des menteurs, des saltimbanques, les pilotes de simples idiots. La seule boussole qui valait un clou s'est brisée net, sans prévenir, sans bruit audible, en des temps antiques dont personne ne se souvient et depuis tout le monde fait semblant.

Un bruit survient. Il résonne longtemps dans le sous-bois et Éli ne parvient plus à savoir avec certitude d'où il vient. Il entend des branches craquer, et un cliquetis de métal. Il voudrait bondir sur ses pieds mais il commence à se sentir trop faible pour ça. Il s'agrippe à un arbuste, se redresse et s'enfuit, plié en deux, toujours plus loin dans les profondeurs de la forêt.

Il se souvient si bien et en même temps si mal, jamais assez précisément, de ce temps d'avant, de cette contrée des rêves qu'ils ont fait ensemble. De ce que c'était de n'avoir jamais à expliquer, préciser, contourner, négocier. Ils n'avaient pas eu besoin de tout se dire, de tout détailler, de se faire de dessins, de se projeter des desseins. Pas d'échafaudages, pas de plans. Leurs existences s'étaient consolidées d'un coup d'un seul. Ils s'étaient pénétrés, ils avaient cavalé et s'étaient avalés, ils avaient exhumé des monceaux de petits trésors planqués juste sous leurs peaux. Ils s'étaient froissés, dépliés, étalés. Ils avaient trouvé une immense joie dans les plus infimes désordres. Mais ce fragile édifice n'avait valu que par la grâce du premier instant, du premier élan, dès le moment où Siskiyou avait relevé la tête et attrapé un peu de lumière au vol. Sans cet émerveillement, c'eût été comme essayer d'attraper du vent. Il pense à ça, perché dans un poirier, la main tendue vers un fruit pas vraiment mûr et tout juste hors de portée, quand une crampe d'estomac survient avec tant de violence qu'il en perd l'équilibre.

Plus rien ne nous prépare à la faim. Il ne connaît personne qui ait jamais été privé, vraiment privé, de nourriture. Il se souvient, comme tous les enfants de sa génération, des histoires de guerre de grands-parents qui ne parlaient pas de Pétain mais qui contaient par le menu leurs longues aventures de ravitaillement à vélo vers les fermes éloignées du Massif central. Personne ne lui a jamais dit qu'il aurait si chaud et qu'il transpirerait autant. Il commence à penser comme un grand fiévreux, a des illuminations soudaines, se sent capable de résoudre les mystères impénétrables du monde, de trouver l'ordre caché dans le fatras et le désordre ambiants, l'équation de toutes les vérités qui n'en sont qu'une, et l'instant d'après il n'a plus que ses yeux asséchés pour contempler l'absence totale de sens du monde qui l'entoure, l'amoralité des êtres, la dureté minérale de cette réalité qu'il avait présumée douce et prometteuse. Un instant, il est heureux d'en être revenu au combat essentiel de la survie, et le suivant il s'agonit d'insultes. Pour un peu, si son souvenir n'était pas si terni, il appellerait sa mère.

Il pensait s'étioler, qu'il ne parviendrait plus à se mouvoir ni même à chauffer son corps, mais c'est tout le contraire qui se produit : il brûle. Quelle fin parfaite, il en rit presque, que de se consumer après avoir tant tergiversé.

Il guette devant une ferme, il est caché dans un fossé. Ça sent le purin. Ça sent la merde, quoi. Il voudrait qu'il y ait moins de lumière, il aimerait faire cesser le tremblement de ses membres. Il attend, il lui semble qu'il est là depuis des heures. Il a entendu une première voiture arriver et repartir, a attrapé du coin de l'œil un reflet de carrosserie jaune et s'est dit que ce devait être le facteur. Il entend une voix, ni vieille ni jeune, qui maugrée seule et qui engueule les vaches. Il entend le pas pesant du troupeau cornaqué jusque dans la salle de traite. Il sent des odeurs de cuir et d'essence, il croit qu'il va vomir. Le bruit des tireuses qui entrent en action parvient jusqu'à lui. Il trouve que ça sonne antique et organique, vieille technique, pas du tout comme la technologie magique qu'on vend derrière chaque écran tactile. Les pas de l'homme se rapprochent. Il doit être juste au-dessus de lui. Il entend distinctement le paquet de cigarettes neuf qu'il ouvre, le briquet qu'il actionne, la première bouffée qu'il tire. Il ne bouge plus du tout, il transpire et il a envie de pisser. Et puis c'est fini, l'homme repart, des grilles grincent, les vaches ressortent, tous les bruits s'éloignent.

Éli se redresse peu à peu. Il a envie de se rendre, il ne sait même plus si on le pourchasse vraiment et il est prêt à confesser n'importe quel délit. Le hangar devant lui est massif et ses parois métalliques prennent le soleil couchant, l'aveuglent sans ménagement. Il veut appeler mais le coassement qui sort de ses lèvres gercées ne dérange même pas le merle perché sur la barrière. Un chat s'écarte de sous ses pas. Il fait le tour. La porte est ouverte. Il entre. Personne à l'intérieur. Il croit se souvenir qu'il aimait cette odeur de fermentation, avant. Une casquette posée sur un comptoir à côté de plusieurs bouteilles de lait et d'un fromage entier, à la croûte grise. Il y a même un sac vide pour lui faciliter la tâche.

Le jour où il avait rencontré Siskiyou, il prenait un risque pour peut-être la première fois de sa vie. Il voit encore son visage partout, dans le roux des arbres, dans l'affleurement des rochers polis à la surface des ruisseaux, dans la forme des nuages. Il entend sa voix dans le tintement lointain des cloches des vaches, dans le chant du vent contrarié par l'encaissement de la vallée, dans le murmure de l'eau. Il sent son souffle dans le froid de la nuit, dans la caresse intermittente du soleil. De toutes parts, elle l'assaille. Il retourne parfois dans la maison noircie, il faut passer sous les scellés, pour brièvement s'asseoir dans le canapé où ils se sont promis des enfants il n'y a pas un an. Quand ces pensées lui viennent, il ne reste plus grand-chose à faire d'autre que de se laisser glisser au sol, dos à un arbre, et d'attendre que la tristesse et la douleur acceptent de lui redonner le contrôle de son corps.

5

LAURENTIN

“C’est criminel. C’est manifestement criminel”, lui dit l’un des gendarmes, tandis qu’il circule lentement entre les murs calcinés. Il a l’air tout excité d’avoir autre chose à faire que des contrôles routiers. Le capitaine Laurentin, lui, aime beaucoup l’idée qu’un criminel prenne le soin d’incendier une ruine pareille. La maison dont est parti le brasier n’est plus habitée depuis dix ans, lui a-t-on dit, et elle était pleine de trous, ses murs s’affaissaient par endroits, les fenêtres n’existaient déjà plus. Il y avait encore un échafaudage rouillé contre un des murs, il s’est effondré dans la fournaise. Peut-être qu’une vieille bonbonne de gaz a rajouté au souffle final et explique l’ampleur des dégâts, mais enfin, foutre le feu à ça…

Il va falloir se faire envoyer les noms de tous les propriétaires du hameau. Personne n’était là, et personne n’a vu qui que ce soit. L’une des dépendances était habitée récemment, on y a retrouvé un peu de nourriture, un duvet, et l’eau était ouverte. Les autres maisons étaient fermées pour l’hiver. Les habitants du village le plus proche expliquent que l’ancienne ferme a été vendue à la découpe dans les années 1960 et que chaque propriété a été revendue plusieurs fois depuis. Au dire de certains, c’est un couple de retraités du Jura qui occupent l’ancien moulin, miraculeusement épargné. Les fossés sont pleins d'orties et de mauvaises herbes. Aucun des arbres n'a été élagué depuis longtemps et leurs branches menacent les toits. Sur les trois sentiers qui mènent là, deux sont impraticables, obstrués par des repousses d'arbres et des buissons impénétrables de ronces.

Non, vraiment, c'est invraisemblable de mettre le feu à un endroit pareil. Il faudra revenir avec plus de monde, une fois tout ça refroidi, pour fouiller les lieux. Si on a le temps, si on décide que ça vaut la peine d'affecter des ressources à cette enquête, si le propriétaire porte plainte. Il n'en sera sans doute rien. Mais pendant ce temps, Laurentin sent en lui comme une machine qui revient à la vie. Des courroies qui entraînent à nouveau des roulements. Des engrenages qui s'emboîtent. Des pistons qui s'enclenchent. Toute la vieille mécanique qui n'était que dormante, pas même vraiment abîmée. Dans une remise à l'écart, il repère un flacon de liquide vaisselle vide sur le sol, des chiffons imbibés, et un jerrican d'essence pour tondeuse qui semble avoir bougé il y a peu de temps. On voit encore l'absence de poussière là où il était rangé.

On l'appelait le Moine. On plaignait sa femme. Il avait poursuivi des années durant tout ce que la France comptait de grands squales. On lui avait connu peu d'échecs. Gangs lyonnais, délinquants en col blanc passés de la fraude fiscale au blanchiment de l'argent du crime organisé, réseaux de trafics de stupéfiants, apprentis casseurs de banque, même quelques élus trop corrompus, et sur la fin la mouvance djihadiste, les criminels qui s'étaient drapés dans les habits de la religion pour essayer de tout faire sauter. Personne n'avait compris qu'il mette un terme à ce que les autres appelaient "sa carrière".

Lui s'était réveillé un matin, abruti encore comme s'il avait subitement beaucoup trop dormi, interloqué de ce qu'on avait fait de son travail. Les chaînes d'infos en continu régurgitaient mot pour mot ce qu'on lui avait annoncé la veille au soir : que les anarchistes qui vivaient dans un petit village de Corrèze étaient inculpés de conspiration terroriste. Lui qui n'était sûr de rien tant qu'il n'avait pas tout étayé, tout envisagé, tout corroboré, était quand même convaincu que dans ce dossier il n'y avait rien de solide. Il avait surveillé leurs allées et venues, leurs comptes en banque, leurs correspondances, leur présence en ligne. Ils voulaient certainement changer le monde, ils aimaient manifester et n'avaient pas peur de la confrontation mais il n'avait pas trouvé trace de conspiration violente. On lui avait conseillé de la fermer. Il était obéissant, mais il avait du mal avec le triomphe de l'inintelligence et les empêchés de l'arithmétique. Quelques semaines après, il demandait à partir. On avait mis ça sur le compte de son divorce, et peut-être même de sa vieille blessure. On l'avait placé sous surveillance, un temps très court, les agents en charge du dossier ayant failli succomber à l'ennui. Maintenant, le capitaine Laurentin s'occupe pour l'essentiel de contrôles d'alcoolémie et de maris violents. L'an dernier, quelques bagarres et un homicide du côté d'Allanche. Résolu en trois jours.

Il revient sur les lieux le dimanche suivant, avec ses chiens et un petit casse-croûte. Il s'assoit sur un muret, au-dessus du champ qui descend jusqu'à la rivière, pendant que les chiens courent comme des fous autour d'un poirier solitaire. Il ne fait rien. Il y a chez cet homme quelque chose d'une nature contemplative, comme si c'était au monde de se manifester devant lui, comme si la réalité était une fleur qu'il fallait regarder éclore. Il revient encore. Il marche dans la rivière avec des cuissardes. Il parcourt un bout de la forêt sur la rive d'en face. La pente est raide, les chemins ne sont plus entretenus, mais enfin, se dit-il alors que la douleur irradie dans ses jambes, on fait pire comme endroit que ce sous-bois qui sent la terre et l'humidité, avec ses champignons énormes, ses souches recouvertes de mousse, ses murets effondrés marquant des limites dont plus personne ne se souvient, ses subites petites clairières dans lesquelles la lumière joue à chat avec des papillons. Peut-être se dit-il que c'est le genre d'endroits à arpenter avec un fils, pour lui apprendre les mille tours de la forêt, lui montrer les limaces et les insectes, les musaraignes et les quelques écureuils au poil sombre, nommer pour lui l'essence des arbres, en comparer les écorces, la forme des feuilles. Peut-être que Laurentin espère croiser une biche. Peut-être que Laurentin regrette alors sa carrière monacale.

Puis il parle à l'agriculteur qui a en fermage le champ séparant les maisons de la rivière. Il ne sait rien, n'a rien vu, ne veut pas d'ennui et promet d'appeler s'il voit quoi que ce soit. Bel homme, taiseux comme tous ici, étonnamment jeune. Lui s'occupe des vaches laitières. Ses parents ont aussi une exploitation, de l'autre côté de l'autoroute, pour la viande. Sa petite fille fait le trajet chaque matin jusqu'à Fond-du-Lac pour l'école, le matin avec sa mère, le soir en bus de ramassage scolaire. Il n'est pas trop abîmé, pour un survivant du vieux monde. Il a les épaules droites, le front fort, et ce regard impitoyablement méfiant. Autour de lui, les oiseaux et les bêtes de la terre.

Quand il repart, une vieille dame l'interpelle. C'est sa mère qui a vendu le hameau à la découpe, cinquante ans plus tôt. Elle lui fait l'historique des occupants successifs, tous plus suspects à ses yeux les uns que les autres. Un architecte, un antiquaire, un journaliste, une mère célibataire qui n'avait pas l'air net, un photographe qui marchait vraiment vite, un pilote d'avion qui avait envisagé de faire construire une piscine, un motard qui avait cru aimer la campagne, un militant associatif qui adorait le vélo mais qui peinait sur les pentes de ce pays, des professeurs avec trois enfants qui avaient planté un potager en dépit du bon sens, et puis un jeune gars de la ville qui s'était salement coupé avec une tronçonneuse en s'attaquant au gros merisier du jardin. Elle a le visage de quelqu'un qui a passé trop d'années à se plaindre, la mâchoire alourdie, les paupières gonflées, des rides comme des ronces, des dents de vieille chose abîmée.

Bientôt c'est l'attroupement, à l'échelle du lieu. Le postier s'arrête au milieu de sa tournée. Un chasseur, avec ses chiens qui hurlent à l'arrière, sort de sa voiture sans dire un mot. Une voisine vient à sa fenêtre. Elle demande si c'est quelqu'un qui a fait ça. Elle dit que, du vivant de Lato, rien de tout ça n'aurait pu arriver. Lato c'est l'immigré polonais qui avait la maison surplombant le hameau, sur la route. Un mineur d'antimoine et surtout un ancien résistant lui dit-on, du groupe d'Auriac-l'Église, là où on avait résisté bien avant 1942, où était né le Corps franc des Truands, le corps d'élite de la résistance auvergnate. On lui demande s'il y a un pyromane dans le coin, il leur assure que non. Tous ont l'air méfiant. Tous ont une hypothèse, tous ont des gens déplaisants à mentionner. La fromagère célibataire qui fait du bio toute seule dans sa ferme, elle a jamais su se trouver de mari. "Pas de communautés dans le coin, demande Laurentin, vous savez les gens qui se mettent à vivre à plusieurs comme dans les années 1970 ?" Mais non, ça c'est bon pour les fous du Limousin, y a pas de ça ici. En tout cas pas depuis plusieurs années.

Lundi matin à la brigade, son second est là. Un homme du coin, Daumard, plutôt jovial et souriant, étonnamment causant par rapport à ses compatriotes.

— Vous avez parlé à la veuve Pradier ?

Devant le silence de son supérieur, il poursuit :

— On raconte que c'est un pyromane qui a fait ça.

— Vous allez lui dire de ne pas s'inquiéter et que c'est sans doute un accident.

— Bien, capitaine. Mais on enquête ou pas ?

— Sans doute pas, à moins que les propriétaires se manifestent.

Justement, la notaire est là. Une femme d'une quarantaine d'années, brushing et fausses perles, la tête de celle qui a la plus jolie voiture du bourg, qui a hérité de l'étude de son père et qui, si on en croit ce que Daumard lui a dit, gère mollement toutes les transactions immobilières de la vallée. C'est-à-dire plus grand-chose. Ici, on ne se déshabille pas de son vivant. Elle a la liste des propriétaires actuels. Un retraité du Jura, effectivement, qui doit revenir au printemps et qui ne se déplacera pas avant puisqu'on lui assure que sa maison n'a rien. "Pour être franche, dit-elle, il essaie de vendre." Deux autres propriétaires sont morts, sans ascendants ni héritiers. La notaire lui explique que les deux maisons reviendront bientôt à l'État, puis à la commune, qui n'a sans doute pas les moyens de les entretenir et cherchera à les vendre. Elle devrait en tirer au mieux quelques milliers d'euros, si les bâtiments sont en bon état et si elle trouve des acquéreurs. Ça court pas les rues, les acquéreurs, dans le coin. Une veuve qui n'y a pas remis les pieds depuis dix ans et qui refuse catégoriquement d'y revenir. C'est de sa ruine que l'incendie est parti. Reste une jeune femme, Julie Carlini, qui doit avoir dans les trente-cinq ans et qui vit à Paris. Les voisins disent qu'elle vient souvent avec un homme, mais qu'ils sont plutôt sauvages. Sa maison a brûlé aussi.

Elle demeure en tout cas injoignable. Laurentin gère la paperasse et termine tard. Lorsqu'il sort, le vent du nord souffle dans les rues comme un forcené. On vient d'apprendre que deux des cols fermaient. Le froid vient, les portes claquent, il ne fera pas bon être dehors cette nuit.

6

LOUISE

Ça lui rappelle *Le Dormeur du val*, et les explications laborieuses d'un professeur de lettres aux petits yeux gris. Ça lui rappelle la photo de l'enfant syrien, mort noyé avant d'avoir six ans et rejeté par les flots sur une plage turque. Elle s'était étalée sur toutes les pages des journaux, et elle avait presque réussi à imposer enfin le silence.

Elle s'est levée ce matin de bonne heure, elle a donné à manger aux chevaux, réajusté leurs couvertures, appliqué sa pommade antibiotique au hongre gris qui a été blessé au poitrail. Il faut entrer la main à moitié dans la plaie, tout doucement, pendant que l'animal te regarde droit dans les yeux, les oreilles en arrière, inquiet, tous les muscles tendus. Il est 6 heures quand elle a fini. Elle a son café dans les mains, ses mitaines et sa capuche en laine et elle laisse le vent froid jouer sur ses joues. Au moins, elle ne pleure pas. Depuis peu, elle ne pleure plus que le soir. Quand elle est seule, quand la journée reflue, quand la nuit autour d'elle ne lui laisse plus voir l'horizon. Elle pleure d'être seule, elle pleure de pleurer comme une idiote, elle pleure de ne pas savoir par quel bout prendre cette vie.

Andrew sort de chez lui et la salue en silence d'un bref sourire avant d'aller chercher du bois. Il y a dans l'air le souffle d'un géant endormi, et les odeurs brutes d'un hiver de bandits. On sent la terre qui se prépare et se calfeutre. Ce sont les jours qui s'annoncent qui feront d'elle une personne capable de s'acclimater à ce pays, de le parcourir et d'y planter ses bottes. Savoir si elle peut rester droite dans la tourmente et les morsures du gel, si l'absence de lumière la fera plier ou pas, savoir ce qu'elle a encore dans son jeune ventre, dans ses tendres tripes, dans son corps de lutteuse. Ce n'est pas donné à tout le monde, on l'a prévenue. Quand il revient de sa corvée de bois, Andrew lui dit que le col est fermé mais qu'à pied elle pourra passer sans encombre.

Elle a prévu d'aller voir une cascade dont ils ont parlé. Avec de la chance, elle aura déjà gelé. La marche jusqu'au col se fait plein vent. Sur le plateau dominé par cinq immenses éoliennes, la neige ne tient au sol que par endroits. Quelques troupeaux sont encore dans les champs, et en marchant Louise compte les burons qui se révèlent au gré des courbes du paysage, apparitions fantomatiques, vestiges d'un temps révolu. Si ce n'est le bruit des éoliennes qu'on perçoit parfois au gré des changements retors du vent, on ne peut s'empêcher de penser à ce que la vie était là il y a encore quelques décennies. Le seul changement qui vient ici, c'est la lente érosion, le travail de la pluie. Et la lumière qui se fait à mesure que le jour gagne sur la nuit, révélant peu à peu les taches de la présence humaine, le ruban gris sale de la route, le trou fumant de la petite carrière, l'étalement des clôtures.

La transition, une fois le col passé, est rapide. D'un coup, la voilà en pleine forêt, une forêt naturelle, désordonnée et insolente. La route serpente à flanc de montagne et s'enfonce dans des bois compacts où les branches chargées de neige et d'aiguilles ne laissent pas passer beaucoup de lumière. Il est difficile de croire que des hommes vivent pas loin. Les hameaux traversés sont tous plus petits les uns que les autres. Trois ou quatre maisons, jamais plus, et de temps en temps de grands hangars métalliques. Beaucoup sont vides. L'un d'eux abrite une petite casse automobile. Des dizaines de carcasses de voitures, rouillées, désossées, sont garées le long de la route. Certaines sont déjà couvertes de mousse, de feuilles mortes, de neige sale et de boue. On voit dans la lumière le reflet de toiles d'araignées sur le trou béant des fenêtres brisées. L'odeur de métal froid couvre presque celle de la forêt endormie. Sur le toit, un faucon guette le moindre mouvement dans le champ en contrebas. Elle fait trop de bruit : il décolle et plane à la recherche d'une proie.

La plupart des chemins relevés sur sa carte ne sont plus entretenus. On pourrait passer outre les ronces mais les arbres sont tombés en travers du premier qu'elle tente d'emprunter. Il faudra faire un détour, impossible de traverser. Chaque son est tellement isolé qu'il en prend une signification prophétique. C'est le hoquet d'un moteur plus bas sur la route, le démarrage d'une tronçonneuse, c'est le lent retour au silence, c'est le cri d'un rare oiseau, les branches qui craquent sous ses pieds, et son souffle qui finit par se faire court. Elle a promis à ses parents de rentrer pour Noël, mais pour l'instant, elle ne voit pas bien ce qui pourrait l'arracher à ce rude petit pays, couleur noir et ocre, qui sent la boue et les fumières, la bouse séchée sur le bitume cabossé, qui sent la neige toute fraîche, qui sent les cailloux gelés et le bois mouillé. Au téléphone, son père a dit que ce serait "rudement bien" si elle était là. Il avait sa voix de père, celle qu'il prend quand il veut vraiment quelque chose. Même son frère sera là. Pas celui qui vit à Paris, qui a acheté son appartement, qui travaille à la radio et qui ne faillit à aucune de ses obligations. L'autre, le deuxième, le photographe qui ne tient pas en place, le taiseux, celui qui ne dit jamais rien de ses projets et disparaît des mois durant pour débarquer un jour à l'improviste et raconter son dernier voyage : l'Érythrée, le Sinaï, la Casamance, le Kirghizstan, le Venezuela, le Wadi Rum, l'Alaska, et maintenant les grands sommets avec ses amis alpinistes.

Peut-être qu'il a raison, peut-être qu'il faudrait aller jusqu'au Mozambique. Peut-être qu'il faudrait nager dans les courants, se jeter dans les rapides, fermer les yeux et crier très fort en arrivant aux chutes. Peut-être qu'il faudrait se réinventer un petit dieu, le faire à notre main, lui imaginer des chants païens, comme l'ont fait nos parents. Peut-être qu'il nous faut de nouveaux rites pour en finir avec nos peurs, de nouvelles forêts pour nous abriter du regard du ciel, de nouveaux faisceaux pour éclairer nos nuits, de nouvelles phalanges pour nous garder de nos ennemis. De nouvelles pluies pour nous faire reverdir enfin.

Peut-être qu'il faudrait que quelqu'un prenne la parole. Peut-être aussi qu'il est déjà trop tard et qu'elle devrait se contenter des vieux arbres qu'elle a trouvés ici.

Elle entend d'un coup le bruit de la cascade, qui ne doit plus être bien loin. Elle imagine son frère, harnaché, cramponné, grimpant des cascades de glace à la force du poignet, maniant le piolet comme enfant il maniait tout ce qui tombait sur ses chemins buissonniers, avec une facilité déconcertante, comme si chaque outil avait été fait à sa main. L'autre frère transformait ça en récit épique le soir au dîner. Son don à lui, c'étaient les histoires. Elle se demande quel est son talent à elle. Elle prend à travers bois, en regardant bien où elle met les pieds, elle croit savoir qu'on braconne parfois dans ce pays, et puis les trous, les ronces, les orties. Faire attention. Elle prend une branche, sale, froide, humide, dans le front. Elle débouche juste au-dessus de la chute d'eau. Modeste mais puissante. Peut-être quatre mètres de haut. Rien de majestueux, rien d'anodin. Juste le bouleversement de la nature quand elle ne se plie à aucun de nos désirs. Elle se souvient des récits de son frère, elle l'imagine sans mal sur la rive en face des chutes Victoria, l'eau tombait de si haut, disait-il, qu'à cent mètres de distance on avait le visage et les cheveux mouillés. Ici, il doit y avoir des truites de rivière qui s'élancent habilement dans le vide, rien de plus spectaculaire. En bas, le fond n'est pas terrible et la rivière guère large, il serait malavisé, même en été, de tenter un saut si joyeux fût-il.

Son regard accroche un petit autel à Marie, fragile chose sculptée dans la roche, déjà à moitié érodée. Le visage de la mère de Dieu n'a plus de bouche. À ses pieds, on dirait qu'il dort. La barbe noire, hirsute, un peu blanchie au niveau du menton. Une marque violette sur la tempe gauche. La peau grise et salie. La bouche entrouverte, un bras tendu vers rien, la paume ouverte vers le ciel, comme s'il venait de laisser échapper une bouteille ou un oiseau. Pas de trous rouges au côté droit, mais on ne voit pas non plus sa poitrine se soulever. L'eau est si proche qu'il doit être mouillé. Il faut trouver un moyen de traverser. Elle parvient à sauter par-dessus la rivière juste en amont de la cascade, et doit se tenir aux frêles hêtres et à leurs branches dénudées pour redescendre l'à-pic.

Il n'a pas bougé. Elle se demande s'il est mort. Elle a un peu peur, mais il semble maigrelet, faible. Et elle a honte de sa peur. Elle lui donne un rapide coup de pied de maton, de vigile de supermarché. Et elle a honte de son geste. Comme elle a honte de son soulagement quand il grogne. Je ne suis pas née pour avoir peur ainsi d'un homme évanoui, se dit-elle. Je suis née pour gravir des montagnes, traverser des mers, voir fleurir des déserts et dompter des fauves.

Il se redresse. C'est l'incendiaire, l'homme qui se tenait offert devant le brasier, l'homme dont les yeux avaient disparu tout au fond du trou noir de suie qu'était devenu son visage, l'homme qui l'avait fait fuir et éviter ce recoin de forêt que les flammes avaient pris. Elle recule, mais derrière elle il n'y a qu'un trou d'eau.

Il est beau comme un conquérant maure égaré. Il a du mal à accommoder, il a du sang dans les cheveux. Il a l'air de souffrir d'un peu partout. Il se frotte les tempes, les bras, les yeux, se gratte le cou, se donne quelques gifles, balance même un petit coup de l'arrière de la tête dans la roche derrière lui. Il n'a toujours pas dit un mot, ne lui a toujours pas dit un mot. Il semble fuir son regard. Il essaie de se redresser mais il glisse immédiatement et abandonne aussitôt. Elle a l'impression que ses bras ne peuvent pas vraiment le soulever et que ses jambes ne le porteront pas bien loin.

Il finit, dans un grognement, par lui tendre la main, en détournant la tête. Elle sent l'odeur ferrugineuse de sa propre transpiration, le long de son échine, qui devient un torrent glacial de haute montagne et lui mouille tout le dos, les aisselles, les hanches. Elle est certaine que n'importe quelle bête pourrait sentir sa peur, mais elle se penche malgré tout et elle l'aide. Debout, il est grand, elle ne s'en était pas rendu compte, peut-être parce que le brasier de la maison l'écrasait de toute sa hauteur. Il est beaucoup plus grand qu'elle, mais fluet. On dirait un vieux cadre de cerf-volant en bois.

Ses vêtements sont déchirés, ses ongles noirs, ses mains sales, son front en sueur. Quand il se tourne enfin vers elle, Louise remarque un entrelacs de cicatrices plutôt fraîches, encore rouges, sur le cou, sur les mains, les poignets, et sur les pommettes. Il dit merci mais sa voix est fébrile, un petit souffle qui ne parviendrait pas à éteindre une bougie. Sa langue est gonflée et violacée, ses lèvres crevassées. Et il a des yeux de fonds marins, hantés, revenus d'une nuit sans lumière.

Ils descendent précautionneusement. Il passe un bras autour de ses épaules. Elle sent son poids, tout son poids sur elle, il pèse bien moins qu'un poulain. Son odeur mauvaise dit la perdition, dit l'homme aux abois. Il sue à grosses gouttes. Il frissonne. Il doit s'asseoir fréquemment. Après trois arrêts, ils n'ont pas fait cent mètres et il a vidé sa gourde. Il leur faut une bonne heure pour atteindre la route. Assis là, elle attend qu'il reprenne ses esprits mais il hoquette doucement et semble sur le point de s'évanouir à nouveau. Ou de vomir. Il veut de l'eau, elle n'en a plus. Elle lui demande s'il y a quelqu'un à prévenir, ou si elle doit appeler des secours. Il lui fait signe que non, puis semble vouloir lui poser une question mais son regard vrille en divagations orbitales. Elle part chercher de l'aide mais il ne réagit même pas. Elle doit faire un bon kilomètre avant de capter un tant soit peu de réseau. Elle se sent souple dans le vent, roseau, petite fille, petite fleur, à la merci, pas loin de l'envol, son souffle va plus vite qu'elle, et ses talons frappent le bitume mais font le bruit des plumes. Elle appelle Andrew et Fiona. Ils vont venir. Ils lui disent de se calmer, elle n'a même pas conscience d'avoir crié.

Elle se souvient de toutes ces fois où elle a hésité à proposer à un sans-abri au bout du rouleau de venir manger et se doucher à la maison, et le sentiment indéfini qui l'avait fait renoncer chaque fois. Lorsqu'elle revient, il n'a toujours pas bougé. Il a de la chance, il est en plein soleil. Ça le réchauffe et ça lui fait mal aux yeux. Un spectre défait, le cul dans la boue mais en plein soleil.

7

ÉLI

Il se souvient.

Il voit le soleil au-dessus de lui, mais il est flou et il ne peut rien pour le froid dans ses os.

Il a froid, il a sommeil, il a faim, il a sans doute peur, il n'est plus que nerfs brûlants. Il a envie de s'immerger, de nager loin, de plonger profond, de sentir le sel sur sa peau, de laisser les embruns lui brûler les yeux jusqu'à en perdre la vue si nécessaire. Il entend rester sous l'eau jusqu'au dernier moment, pour voir s'il a encore en lui de quoi remonter prendre de l'air à la surface. Il se rêve requin solitaire, se sent tout petit poisson, menu fretin, rachitique chose trimballée par les flots. À vrai dire, il ne sent presque plus rien.

Et il est en pleine montagne, et chaque geste déclenche des floraisons de douleurs perçantes dans son dos émietté. La mer est si loin qu'ici on peut parfaitement douter de son existence, c'est le prix pour s'être enfui vers le seul endroit qui lui est familier.

Il se souvient des victoires passées. Il se souvient du sentiment d'être à l'aube de la vie, de n'avoir ni manuel, ni talent avéré, de n'avoir élaboré aucun plan, de n'avoir pas encore calculé de trajectoire.

Il a soif, vraiment soif, et envie de vomir. Il sent sa crasse. Il sent le sang qui coule dans ses cheveux, poisseux.

Il se souvient des filles de septembre. Il se souvient de Siskiyou qui danse, le menton qui se relève fièrement, les yeux qui percent sous la chevelure rousse, les taches de son qui font de son visage un ciel étranger aux couleurs passées mais qu'il ne découvrira que quand les lumières se rallumeront, l'impression très nette que cette femme est inarrêtable. L'ami qui les présente gauchement, le son de son prénom que bientôt ils n'utiliseront plus, le sourire moqueur qu'elle avait quand elle était intriguée, excitée, étonnée. Il se souvient de leur premier réveillon, passé sous la couette à grignoter du foie gras en pleurant devant *Love Story*. Il se souvient de leur première venue ici, de leur arrivée nocturne, et des biches qui sont apparues dans leurs phares.

Il les distingue qui viennent vers lui. La jeune fille qui l'a trouvé, et deux vieux, la soixantaine largement entamée, l'air prévenant. Lui s'efforce de le calmer. Il gigote et tremble, mais n'entend pas ce que lui dit le vieil homme, que des sifflements assourdissants et des échos tordus.

Il se souvient d'avoir marché sur un glacier, encore enfant, encordé avec son père. Il se souvient d'avoir descendu des rivières et bu à des torrents. Il se souvient d'avoir plongé de très haut. Il se souvient qu'il courait longtemps – à voir sa foulée d'Abyssin on s'était même demandé si le vieux sang des Matthiessen n'avait pas là engendré un nouvel athlète. Il se souvient d'être grimpé à des arbres, à des lampadaires.

Tous ces souvenirs sont là, à portée de main, disponibles, seulement voilés par le filtre rouge de la colère. Je suis ce qu'on m'a fait et ce que j'ai laissé faire, il se répète ça en boucle. Il est maintenant allongé à l'arrière d'un pick-up et de sa vie il n'a jamais été aussi faible. Au-dessus de sa tête, les arbres lui voilent le soleil du matin, qui loin là-bas semble pendre comme un hochet, impuissant. S'il tourne la tête, il entend vaguement le murmure de la rivière par-dessus le bruit ténu du moteur et des roues.

Il fait le compte de tout ce qu'on lui a enlevé, tout ce qu'on lui a pris, tout ce qu'on lui a arraché. "Il faut voir comme on nous parle par-dessus le marché", dit-il dans un souffle si faible qu'il faudrait s'être penché sur lui à ce moment précis pour espérer discerner ses mots. La jeune fille l'entend gémir, mais quand elle s'approche prudemment de son visage, ses yeux sont clos. Il s'est laissé happer par le noir.

8

LAURENTIN

“Plusieurs heures, ça va prendre plusieurs heures de tout dégager”, lui dit Daumard, alors que le ciel déjà s’assombrit et qu’il va sans doute neiger cette nuit. Sur la bretelle d’accès à l’autoroute, un poids lourd est encastré dans le parapet central. Les gendarmes ont neutralisé deux voies et font passer les voitures au pas sur la troisième. Le chauffeur, assis plus loin, avec une couverture sur les épaules et un café fumant, n’a que des contusions. Les longues tiges en métal que transportait le camion sont éparpillées sur la chaussée. Sauf une, qui s’est fichée dans le pare-brise de la voiture qui suivait. Dans le pare-brise puis dans la tête du conducteur. Une mort à la con, se dit Laurentin. Surtout pour un dimanche soir.

Il aimerait être chez lui mais il est plutôt du genre à rester pour s’assurer que tout va bien. La radio lui demande de rentrer à la gendarmerie. Il laisse Daumard en charge des opérations, et il reprend le volant. Sur la crête au-dessus de lui, une petite chapelle est perchée au bord du vide. Il se dit qu’il n’est jamais monté de ce côté-là des montagnes.

Dans son bureau, un vieil homme édenté l’attend, entouré de deux gendarmes qui le tranquillisent. Il a encore son gilet fluorescent sur le dos, et son fusil a été désarmé et posé contre le mur. Un chasseur. “C’est le père Couble", lui glisse l'un de ses hommes, presque avec révérence. Quatre-vingts ans. Laurentin salue brièvement et prend place dans un coin de la pièce. Il a un œil aveugle, laiteux, l'autre vif et bleu perçant, le visage antédiluvien, les cheveux blancs et clairsemés qui débouclent vers le haut. Quelque chose dans sa physionomie est désagréable, peut-être la forme de sa bouche, la vilaine moue permanente qui lui donne un air méchant. Il ne cesse de ruminer à propos d'un rôdeur qui lui a sauté dessus. Il faut tout lui faire répéter plusieurs fois, il est manifestement bouleversé. En colère plutôt. Fou de rage, se dit Laurentin, mais pas bouleversé, non, en notant d'un seul coup d'œil les jointures blanchies des doigts, les mains crispées, la mâchoire serrée. On a l'impression qu'il va cracher mais non, que de la bile, pas de bave. Il s'énerve quand on lui demande ses papiers et son permis de chasse, mais se rassoit.

Il lui faut bien une demi-heure pour tout raconter en détail. On lui propose de le raccompagner mais il montre son pick-up sur le parking. Il veut porter plainte, mais Laurentin lui propose de revenir à tête reposée. À la sortie, deux gars l'attendent. Ses fils sans doute, des grands types aux contours indéfinis mais forts, la même mâchoire que leur vieux. Un des deux gendarmes, un jeune, revient lui faire la synthèse. Couble a participé le matin à une battue, mais après la pause de midi il a décidé de partir seul dans une autre direction, avec ses deux chiens, d'après lui pas loin du village du Bru. Il a passé deux coups de fil et les autres chasseurs disent qu'il est coutumier du fait, toujours à se tailler seul de son côté. Ils ont aussi précisé qu'il n'était pas spécialement imbibé – comprendre pas plus que d'habitude. Alors qu'il s'était arrêté dans un sous-bois, quelqu'un lui est tombé dessus depuis les branches d'un arbre et l'a à moitié assommé. Dans la confusion, un coup de fusil est parti et a abattu le plus vieux des deux chiens. Le vieux Couble est resté inconscient trois bonnes heures selon son décompte, puis il lui a fallu du temps pour regagner sa voiture. On ne lui a rien pris, si ce n'est la bouffe qu'il avait dans son sac.

"Son permis de chasse est en règle ?" demande Laurentin qui s'étonne ensuite qu'on puisse le conserver en étant devenu à moitié aveugle. Le gendarme ne sait que dire. Il hausse les épaules et propose de rester taper son rapport ce soir, mais Laurentin le congédie. Ça peut attendre demain. Demain, se dit Laurentin en se tournant vers la fenêtre. Dehors il commence à neiger plus dru sous la lumière des lampadaires. Le train de Clermont s'annonce dans la distance. Il se dit qu'il va aller saluer le chef de gare mais il reste là. Demain, il doit rendre visite à une ferme où on a volé une meule entière de fromage, revoir la notaire pour un conflit de bornage sur le plateau – les gars se sont tellement castagnés qu'ils ont tous les deux fini aux urgences –, recevoir deux messieurs qui ont cassé une partie du mobilier du bar après le match de rugby du week-end dernier.

Il est assis bien droit sur sa chaise, les cheveux gris et courts, en uniforme. Il recule, pose les pieds sur le bureau, en sourit, revient à sa station originelle, son état de grave sentinelle. Il lui faudrait quelque chose pour se fondre dans le murmure du monde. Il ouvre la fenêtre en grand, se prend le froid dans les yeux, dans les dents, dans le cou. La lune aurait fait l'affaire mais elle est cachée par les nuages.

9

LISON

Il leur avait dit, "Vous serez mon voyage". Jusque-là il avait rêvé des minarets de Samarcande, d'immenses glaciers aux confins de l'Himalaya et de la Chine, de pêche en Alaska, de dormir dans le Sahara, de bûcheronnage au Québec, des narvals du Saint-Laurent. Il avait dans la poche de sa veste, à hauteur du cœur mais côté opposé, une carte postale de l'île de Santo Antão envoyée par un ami d'enfance qui s'était fait marin, brèches montagneuses abruptes sur fond d'océan opaque. Il n'était jamais allé nulle part, il était resté là, il avait dit à sa femme et à ses fils "Vous serez mon voyage", et maintenant il repose au cimetière d'Auriac-l'Église, dans le caveau familial, cinquième héritier en ligne droite à n'avoir jamais dépassé les monts d'Auvergne.

Elle vient d'enterrer son homme et elle est là, Lison, troisième du nom, à regarder la petite maison du haut du chemin, à l'heure où les brumes matinales se dissipent, un sac poubelle à la main, l'air de ne pas y être. Elle se dit que sans le vent féroce de ce matin-là, elle pourrait sans doute entendre le souffle doux et régulier de leurs deux garçons endormis. Il est 5 heures, elle a encore au bas mot deux heures de tranquillité avant qu'ils ne se mettent à tournoyer, à se poursuivre, à hurler en chœur, à chanter à cœur ouvert, à se partager leurs jouets et à les fracasser avec férocité, à dévorer le jour de leurs petits crocs aiguisés. Là-bas sous la soupente, ils dorment dans leurs lits jumeaux faits sur mesure, dans ces combles qu'ils ont aménagés ensemble au fil des week-ends, des vacances passées sur place parce que ailleurs c'était trop cher et trop loin. Elle essaiera à nouveau de ne pas pleurer lorsqu'ils réclameront leur papa.

"Vous ne me connaissez pas, mais moi d'une certaine façon je vous connais."

C'est par cette phrase que ça avait commencé. Un message d'une inconnue, au prénom commun. Cécile ou Céline, elle confond toujours les deux. Lui n'était jamais parti mais son esprit avait voyagé. Il les rencontrait sur les réseaux sociaux. Les choisissait vraisemblablement pour leur photo de profil, car elles étaient toutes jolies. Il partageait des photos de la forêt en face, des chiens, des vaches et des veaux de l'année, de ses disques. Il parlait de sa famille mais quand même surtout des garçons – dans un message il disait "Mes fils sont merveilleusement mes fils" –, pas beaucoup de la banlieusarde de Saint-Gratien qu'il avait séduite l'été de leurs vingt ans, un été passé à plonger dans des lacs, à guetter les chevreuils et à dormir dehors sous la voûte étoilée. Séduite à tel point qu'elle était revenue, chaque été, puis une fois son diplôme en poche elle n'était plus repartie et elle avait porté ses enfants, porté de jeunes veaux récalcitrants, porté ses outils, porté ses déceptions, ses envies d'ailleurs, porté même une partie de ses haines pour qu'elles ne le consument pas, porté sa carcasse épuisée jusqu'au lit quand enfin l'été se termine, que le travail de la ferme ralentit un peu et que le corps n'en peut absolument plus. Elle a passé, depuis sa découverte, des nuits entières à scruter ces messages, cherchant des indices comme une enquêtrice obsessionnelle finalement moins concernée par une éventuelle infidélité que par le mystère de la face cachée de son homme. En parcourant ses conversations avec les innombrables Tania, Alma, Virginie, Caroline, Marie, Clémence qui peuplent ce monde sans fin, elle a découvert que c'est l'une d'elles qui avait suggéré le nom du taureau, Ulanbator, une autre qui lui avait conseillé ces livres sur le silence qu'il avait commandés au libraire de Murat, une troisième qui lui avait fait passer tous ces articles sur les loups. Elle s'est demandé qui était cet inconnu qui soudainement parlait volontiers de lui, mais elle le retrouvait deux lignes plus tard, dans son phrasé qui sentait la pierre, dans la brièveté réservée de ses enthousiasmes, dans sa façon de peser ses mots. Dans ses fâcheries, les murs de silence qu'il érigeait contre ceux qui lui avaient déplu, comme avec celle qui avait voté à droite aux régionales et à qui il n'avait plus jamais répondu. Son dernier message disait "C'est trop dommage, on s'entendait bien".

"C'est trop dommage", avait dit sa mère aussi, tout bas, le jour où il avait mis en garde son père, lassé de ses remarques sur l'étrangère qu'il avait choisie, une fille de la ville aux hanches trop étroites, à la peau trop sombre, aux origines pas bien nettes et à la langue trop pendue, à qui il disait volontiers, ce père fumier, "Dès que ça sentira mauvais tu repartiras, avec tes jambes allumettes et ton parler de dictionnaire, et ce sera bon débarras". Un soir il lui avait posé une main sur le col, à son père salaud, et il lui avait dit, "Papa, tu ne lui parleras plus jamais comme ça ou bien tu ne me reverras plus". "Salope", avait craché le père. Alors il l'avait prise par la main, conduite dehors, sans un mot, et il avait tourné le dos à la maison de son enfance, il avait par la suite payé rubis sur l'ongle pour la maison de retraite, mais il ne l'avait plus jamais revu. Et à sa mort, la première chose qu'il avait faite, ç'avait été de construire un séchoir, ce séchoir dont elle avait essayé de convaincre le père qu'il était préférable aux balles de plastique dans lesquelles le foin fermente au soleil. Puis il avait vidé la grange et l'avait nettoyée de fond en comble, et il riait parce qu'à la mort du grand-père on y avait trouvé des livres cachés dans une petite valise, tout Alexandre Dumas, des romans d'aventures et de la philosophie que le vieil homme lisait en cachette, mais à la mort de son père, rien, pas même une revue pornographique, pas le plus petit secret, pas la plus petite honte, pas le moindre mystère, toute une vie d'homme concentrée dans ce qui avait toujours été visible pour tous, toute une existence contenue dans les coups qu'il réservait aux bêtes et les insultes qu'il avait pour les gens. Elle le voyait comme un miraculé, d'être sorti si droit d'une enfance où la violence le disputait à l'abandon. Il disait lui que tous ceux qui avaient eu des parents normaux n'étaient plus là, ils étaient partis à la ville, certains dès le collège. On donnait les terres en fermage, ou bien on les vendait puisque même ici la terre commençait à se faire rare, et on éloignait les enfants de ce monde mourant, en espérant que, grandis, ils reviendraient voir leurs vieux parents à Noël. Elle y pensait souvent dans ses longues traversées du pays où on croisait, en dehors de l'été et des vacances scolaires, si peu de jeunes gens.

"On est devenus amis, à force, et j'aimerais venir à son enterrement."

C'était ça qu'elle écrivait, Cécile ou Céline, seule parmi cette litanie de prénoms féminins à s'être manifestée quand Lison s'était connectée au compte Facebook de son mari pour y écrire qu'Hervé avait malencontreusement trouvé la mort, ni fleurs ni couronnes, merci de donner plutôt à l'association Terre de Liens.

Huit jours plus tard, les enfants et Lison s'étaient vêtus de noir, avaient retrouvé les rares copains, les collègues au pas traînant, dos voûté muscles douloureux et mains abîmées, et Cécile ou Céline était là, en noir elle aussi, sur le parvis de l'église sous le clocher en peigne, jean noir, pull noir, bottes noires, cheveux noirs, une beauté stupéfiante, un visage sauvage et doux en même temps, pas la moindre trace de maquillage et pourtant un air sophistiqué, de pas d'ici, un parfum d'intelligence et de danger, une représentante en chair et en os du monde qui s'ouvre par-delà les montagnes. Elle avait presque entendu les collègues perdre leur souffle et penser, oh punaise la belle étrangère.

Au moment où ils se lèveront, dans même pas deux heures, les garçons feront un tout petit peu plus attention que d'habitude, pense Lison, les bras ballants, toujours ballants, c'est comme si elle ne savait plus quoi en faire, en retournant vers la maison, parce que Cécile ou Céline dort dans le canapé et que même sur ces petits sauvageons elle impose quelque chose de l'ordre de l'émerveillement et de la crainte. Elle n'est pas repartie après l'enterrement, elle a eu l'air de savoir exactement ce qu'elle faisait, et pleine d'assurance elle a proposé son aide. Elle a dit qu'Hervé l'avait accompagnée à travers un deuil et que c'était normal qu'elle rende la pareille. Depuis, elle dort dans le canapé, s'assure que les enfants sont prêts à l'heure pour aller à l'école, sarcle et bêche dans le potager et s'occupe de tant de choses que Lison se retrouve à n'avoir parfois rien d'autre à faire que se confronter à sa peine.

De tout cela, se dit Lison, il est sans doute question à table chez les voisins, les cousins et les collègues, tous ceux qui attendent de savoir ce qu'elle va faire de la ferme, surtout les cousins Couble qui ont déjà en fermage toutes les terres autour. Les deux frères, Jean et Patrick, qui vont partout ensemble sans jamais dire un mot, s'exprimant par gestes, et qui ont fini par ressembler à leurs troupeaux, aussi indifférents aux choses que des herbivores, lents et lourds, comme si tout effort leur semblait illogique et inutile, leurs peaux recouvertes de vilains poils et d'une couche de crasse de troglodytes, et pourtant leurs façons imperturbables disent aussi une volonté incoercible, une façon de se tracer un chemin dans le monde. On les disait idiots mais au moment où ils se sont avancés à leur tour sur le parvis de l'église, la casquette à la main, maugréant des condoléances indistinctes qui auraient aussi bien pu être des malédictions, Lison entendait la voix d'Hervé la prévenant, "Tu dis ça parce que tu ne les as jamais vus en colère, mais méfie-toi". Leurs yeux aux aguets demandaient qui était cette étrangère, débarquée de nulle part, avec son regard de rapace et ses airs sombres de prédatrice. Leurs yeux semblaient dire que les buses, on peut les abattre.

Elle entend le murmure du pays, tout près d'elle. Des questions ressassées des centaines de fois, au creux des jours et au soir avant de s'endormir, par ces hommes fatigués et brutaux, avides et peinés, qui sentent leur vieux monde s'embrumer peu à peu, parcouru par les vents et la mort, raviné par les pluies, isolé par des contreforts noirs, des routes trop peu nombreuses et trop difficiles à entretenir, des voies ferrées déficitaires et sans cesse menacées par des comptables dont les visages ignorent tout des morsures du vent. Un vieux monde qui leur a été légué mais que leurs doigts gourds et tordus n'arrivent plus à retenir. Un monde qui semble ne plus faire partie de rien, un pays entier relégué en périphérie. Tous ces murmures s'enroulent autour d'elle, autour de la maison, autour de la ferme juste au-delà des arbres et de la rivière, autour des enfants, autour de ses mains, comme autant de liens effilochés. Elle regarde ses poignets, incapable de déchiffrer ses propres envies, ses désirs et son jugement obscurcis, sa raison un caillou englouti par la rivière, juste là sous la surface et tout à fait inatteignable.

10

ÉLI

Andrew l'aide à se tenir debout sous le jet chaud de la douche. Il l'aide à frotter. Ensemble, ils ont regardé l'eau mousseuse s'écouler par le siphon, d'abord noire, puis rougie, puis jaunasse et enfin plus claire. Le vieil homme a l'air d'en avoir vu d'autres, et des bien pires. Au-dessus de la barbe blanche et des yeux bleus, son front rougit dans la vapeur.

Fiona lui a servi une soupe épaisse, pleine de crème, puis dans un soupir s'est laissée choir sur la chaise à côté de la sienne, lui a tenu la main qui tremblait trop pour maîtriser la large cuillère à soupe en étain terni, noire par endroits.

Andrew l'a averti d'un coup d'œil bleu glace puis l'a recousu, rapidement, sans ménagement, et pansé, enroulant la gaze sous ses côtes bleuies pendant qu'il se tenait des deux mains au chambranle de la porte, honteux de sa maigreur et des marques sur sa peau. Il aurait voulu dire qu'il ne s'était pas laissé aller, qu'on l'avait jeté à terre, foulé aux pieds, que ces blessures-là étaient légitimes et tout sauf accidentelles, mais quelque chose – le regard de l'Américain, le volume de sa propre langue enflée, le goût du sang sur ses gencives, le poids de l'air, une tension nouvelle au creux de sa nuque – le réduisait au silence. Un jour, puis deux, puis la parole s'était enfuie pour de bon.

Fiona l'a aidé à s'asseoir sur le lit qu'elle lui a préparé, le retenant par les bras pour qu'il ne s'affaisse pas d'un coup. Elle revient toutes les heures changer le broc d'eau fraîche qu'elle laisse à son intention sur la table de nuit. Sa langue dégonfle.

Il a fallu manger un peu, ingérer du liquide chaud que son corps ne rejetterait pas, se laisser aller quelques instants sous le jet brûlant, changer les bandages. Elle est venue l'aider à nouveau à se relever, et il a été chaque fois surpris par la force de cette petite femme. Au moment où il prend appui sur son épaule, il discerne en elle quelque chose de l'ordre de la racine, de fondations pouvant tenir des siècles, un écho de la foulée terrienne et grave d'ancêtres qui ont ouvert un continent inconnu en deux. Il s'est enfoui sous les grandes couvertures rapiécées, il a dormi tout son saoul, et plus encore, ne laissant que la faim et la sueur le sortir de la torpeur.

C'est au milieu de la nuit qu'il est le plus lucide. Entouré de grès et entouré de froid, tentant de deviner dans la nuit noire les détails du plafond et des murs, à l'abri enfin. Il guette les moindres bruits qui lui parviennent dans le désordre et lui confirment tous qu'il est dans un lieu étranger, qu'il lui faut se faire à la musique de l'endroit. Le mur nord a été son premier ami. Il lui a tendu la main, l'a parcouru petit à petit, patiemment. Il le connaît déjà, ou tout comme, en a fréquenté des parents. C'est de la bonne vieille pierre, des murs centenaires élevés par des paysans auvergnats qui ne craignaient pas autant le labeur que le froid mordant de l'hiver.

Il a vite su discerner le matin de l'après-midi à la lumière rasante qui pénètre dans la petite lucarne au-dessus du lit.

Un matin, donc, il parvient non seulement à se redresser seul, mais à se lever et à gagner la porte et, de là, en se tenant prudemment aux murs, la grande pièce commune. Elle est déserte à cette heure. Le feu crépite dans l'âtre, et quelque chose cuit dans un large faitout en cuivre, dispensant par petits à-coups de puissantes odeurs. Il s'assoit sur un banc et de là passe un temps, pas loin de la chaleur de la cheminée, à regarder dehors. La lumière tombe en oblique en travers de la porte et vient lui lécher les pieds. Il discerne dehors des ronces, le tronc clair d'un hêtre, un bout de ciel quasiment blanc.

Quand il va un peu mieux, il montre une petite horloge du doigt, sur une table du salon. On la lui cède. La régularité de son mécanisme l'aide : il cesse peu à peu de divaguer et de mélanger les souvenirs et le présent. Les jours suivants, il réussit à sortir puis à aller de plus en plus loin, s'étonnant que ses forces se soient enfuies aussi vite, en quelques jours de privation à peine. Il apprend plus tard que cela a duré bien plus qu'il n'ose se l'avouer.

Il fait sien le petit banc de bois à droite de la porte d'entrée, puis la margelle du puits à une demi-douzaine de mètres de là. Il s'approprie le rocher oblong qui sert d'assise face au potager. Au huitième jour, il s'allonge dans l'herbe, laisse le froid lui mordre les tempes et les parfums de la terre glacée lui sauter au visage. Il semble surpris chaque fois qu'on lui parle, il a des manières de mammifère craintif qui ne se dissiperont qu'avec le temps.

Avant d'allumer l'incendie, il avait passé la semaine à couper du bois, à la scie et à la hache. Ses mains s'étaient couvertes de sang, d'entailles et d'ampoules. Ses doigts piqués par les ronces avaient gonflé. Les muscles cachés au fond de ses épaules s'étaient ramassés en petites boules chaque jour plus douloureuses. Il avait coupé du matin jusqu'au soir, débroussaillant à la main puis faisant tomber les maigres hêtres qui entouraient la maison de Siskiyou, ne s'arrêtant que lorsque dans la nuit tombante il ne parvenait même plus à distinguer ses mains. Il fallait le contact soudain du métal sur un poignet, sur sa chair à nu, pour l'arracher à sa vindicte.

Andrew et Fiona l'aperçoivent maintenant qui observe ses mains dans leurs moindres détails, ou bien tendant les bras, faisant jouer ses épaules, les yeux mi-clos à l'écoute des chuintements d'une mécanique intérieure sans doute antique, brouillonne, à moitié cassée. Il semble guetter des signes, remonter la piste d'une histoire. Peut-être est-ce ainsi qu'il peut retrouver le chemin du langage.

Il se souvient des longues bouffées blanches qu'il avait exhalées, de la sueur qui avait fini par lui brûler la peau sous son épaisse polaire, et de la ferveur avec laquelle il avait cru en un remède planqué quelque part entre l'acharnement et l'épuisement. L'électricité du désespoir avait secoué son corps de bête, il avait essayé de la laisser sortir, s'échapper par sa bouche, se faufiler dehors par les pores de sa peau. Il avait cru, à un moment donné, que s'il criait, la terre se fendrait en deux et les flots bouillonneraient puis s'évaporeraient. Il est surpris maintenant que ce temps soit passé. Surpris de réentendre autre chose que l'incessant murmure halluciné de sa circulation sanguine. Il avait voulu cracher son cœur. S'était longuement forcé à n'expirer que toutes les trois secondes. En vain. Pour mettre un terme à tout ça, il avait fallu tout brûler. Ce n'est que maintenant, dans les débris de sa vie, en comptant ses plaies et en remontant le fil de ses cicatrices, qu'il sait enfin tendre l'oreille vers le silence caché dans l'illusion du monde.

De tout ce temps, pas une seule fois Louise ne s'est approchée. Sans que jamais ça ne prenne la forme d'une évidence, elle s'est tenue à une distance raisonnable et son corps, quand il est dans la pièce, ne se départ jamais d'une forme de tension, quelque chose qui prend naissance dans ses cuisses souples et qui donne l'impression qu'elle saura à tout moment bondir, si haut, si vite et si loin qu'il faudra être un prédateur, un prédateur de haut rang, pour l'attraper au vol.

Pourtant Éli ne la regarde pas, ou plutôt voit à travers elle comme il semble voir à travers toute chose. Pour tout dire, il habite à peine l'endroit. Son passage ne laisse aucune trace, pas d'empreintes et pas le plus petit effluve, et lorsqu'on le retrouve sur l'un ou l'autre des bancs de pierre qu'il a vite aimé gagner, il ne semble, dans le soleil rasant, malgré les courants froids, pas plus présent au monde qu'un vieux chat attendant la mort. Le regard porté sur autre chose, ni terrifié ni vraiment calme, tout entier absorbé par ce qui se joue à l'intérieur de son corps.

Il ne parle pas, ni aux hommes ni aux bêtes, ni au soleil levant ni aux vents. Et c'est son silence qui d'abord attire la jeune fille.

Il entend Fiona dire à Andrew que ce *poor boy* n'a pas besoin de policiers ou de médecin, seulement de repos, et il sait au son de vieux caillou que fait sa voix qu'il y a eu d'autres *poor boys*. Il n'entend pas Louise arriver, lorsque au quinzième jour, au quinzième soir, au quinzième coucher de soleil alors que la lumière lentement lui caresse les flancs, la gorge, les joues, elle vient s'asseoir à côté de lui. Pas exactement à côté, pas vraiment près mais suffisamment pour qu'il saisisse quelques odeurs, cuir et sueur mêlés. Cette première fois, elle ne dit rien non plus. Le lendemain, elle lui présente les chevaux qui dans le champ en face paissent en attendant qu'elle vienne les rentrer à l'écurie. Ils s'habituent, elle à parler sans savoir si elle est entendue, lui à entendre la lente symphonie froide de sa voix.

Un soir, il remarque enfin la couleur de ses cheveux et elle lui souffle sans le regarder qu'elle ne dira rien pour l'incendie.

11

LOUISE

Alors que le train aborde enfin l'à-pic, sortant d'un tunnel qui semble avoir été creusé en des temps ancestraux, peut-être à la pioche et à la dynamite par des ouvriers au visage noirci et aux membres noueux, à travers la roche auvergnate, Louise piaffe d'impatience devant la vitesse du tortillard, mais quelque chose dans son dos se décrispe à l'idée que son interminable voyage du retour est proche de sa conclusion. Il lui aura fallu subir en silence les repas familiaux, ne rien trahir, ne rien dire de trop, jouer jusqu'au bout la petite sauvage ayant enfin trouvé un sens à sa vie, loin des hommes et loin des siens, là-haut sur les plateaux, satisfaire aux embrassades et aux enthousiasmes, mentir sur les raisons de la brièveté de son séjour, prétexter du travail, le hongre malade dont il faut s'occuper nuit et jour, taire son envie d'hiver, de neige, de calme blanc et de solitude, ne pas parler d'Éli et puis retraverser la France en sens inverse, les routes d'Alsace, les trains à travers la plaine, passer par la capitale, forcément, et subir sans broncher la cohue parisienne pour passer de la gare de l'Est à la gare de Bercy, encore des trains, encore des plaines, encore des arrêts plus longs que prévu, l'un au milieu de champs de blé sans le moindre relief, l'autre en gare de Vichy pour laisser passer un convoi de gaz liquide, le même cryptogramme avertissant des dangers d'une explosion sur chacun des wagons, s'endormir et se réveiller sans bruit au milieu du panorama anesthésié des petites et moyennes communes de la diagonale du vide qui perce le pays de part en part.

Elle a vu dans les yeux de ses frères, le lettré comme l'aventurier, une forme d'admiration pour la rudesse de la vie qu'elle essayait de leur décrire de la façon la plus neutre possible. L'un l'entendait avec son cœur romantique de citadin fantasmant un retour à la terre, l'autre s'imaginait maintenant entre eux une communauté de destins hors des autoroutes de la modernité, les deux l'englobant dans un amour fraternel qui ne s'adressait plus qu'à une partie d'elle, à la surface de son être, aucune de leurs sondes, aucun de leurs regards, aucune de leurs attentions ne pouvant plus percer la croûte terrestre qui leur dissimulait dorénavant les profondeurs de leur petite sœur.

Elle a fait la connaissance d'Haroun, le jeune réfugié syrien que ses parents ont recueilli, eux qui avaient fait montre de tant d'impatience pour que leurs enfants quittent le foyer et leur rendent leur liberté et qui, sitôt leurs dos tournés, les ont comme remplacés par un nouvel enfant. Il a huit ans, son français est laborieux, ses silences nombreux, ses yeux égarés, et elle lui a volontiers cédé sa chambre, ses vieux jouets de garçon manqué et les livres de la Bibliothèque verte, *Flamme et l'Étalon noir*. Elle lui a appris à dessiner des chevaux, des bisons, des cow-boys et des Indiens et c'est à lui qu'elle a fait le seul cadeau de Noël que ses maigres moyens permettent, se sentant presque coupable de cette générosité facile, superficielle, dont elle a fait preuve en passant, sans s'engager vraiment. Lui s'en souviendra toute sa vie. Elle a regardé ses parents, avançant dans la vieillesse d'un pas sûr et égal, et s'est presque sentie fière de l'admirable légèreté avec laquelle ils naviguent sans avoir conscience de leurs fautes.

Elle s'en retourne vers le calme d'Andrew et Fiona, vers le hongre malade, vers le bruit des loirs dans le plafond et le silencieux Éli à peine requinqué, vers les chiens jouant dans la neige comme s'ils la voyaient pour la première fois, vers les lentes variations de lumière sur le Cézalier et les amoncellements de nuages, vers le sourd bruit qu'elle entend à la périphérie lorsqu'un outil à la main elle répète à son tour un geste millénaire dans le silence des petits matins. En une demi-douzaine de jours à peine, dont elle a égrené chaque heure telle une pénitente, Éli a peu changé. Il est à croire que malgré les puddings et les truffades, il ne perdra jamais son air décharné, ce visage amaigri qui semble avoir été creusé pour faire ressortir les obsidiennes des yeux, et il n'a toujours pas proféré le moindre mot, ainsi qu'Andrew l'en informe dès qu'elle monte dans la voiture alors que le train, délesté de l'unique passagère à s'arrêter si haut dans la montagne, repart déjà. Silex, le hongre à la poitrine gangrenée, va beaucoup mieux, dit le vieil Américain d'une voix douce en négociant chaque virage, de plus en plus serré, et en ne quittant pas la route enneigée des yeux, mais il faut continuer à lui mettre de la pommade dans les plaies. Éli, après une nouvelle crise de fièvres et d'épuisement, a recommencé à se déplacer seul, juste avec une vieille canne qu'il a dégotée dans une des remises, une chose antique et vermoulue, presque fossilisée, sertie d'un manche et d'une pointe en fer terni. Il lui va bien, ce sceptre tordu de roi paysan, est-elle obligée de constater en sortant de voiture, alors qu'il redescend de la grange emmitouflé dans une vieille parka à la fois trop courte et trop large. Il a un peu de neige sur le menton et le nez, et il la salue avec une révérence presque comique.

Dès le lendemain matin, il l'attend à la sortie de l'écurie à l'heure exacte ou elle a fini les soins. Elle est harassée, après avoir veillé Silex dont la condition s'est soudain dégradée et qui a passé une grande partie de la nuit sa lourde tête sur sa petite épaule à elle, à la lueur d'une lanterne, sous un clair ciel d'hiver plein d'étoiles qui promettent de nouveaux cycles de vie. Elle sort Aragon, à qui il faut permettre de se dépenser un peu, qui piaffe comme d'habitude et a de nouveau essayé de la mordre, et Éli est là, habillé de bric et de broc, des vêtements trop petits d'Andrew mélangés à des vieilles frusques récupérées dans les malles que les Américains n'ont jamais ouvertes après avoir pris possession de la ferme, un curieux chapeau rouge sur la tête. Il s'engage sur le chemin avec eux et elle veut lui dire de faire attention au sale caractère de l'étalon mais à sa grande surprise, l'ombrageux Aragon pousse gentiment l'homme silencieux de la tête, réclamant des caresses. Et Éli marche avec eux, toujours sans un mot, s'appuyant sur le cheval quand la faiblesse le reprend, enlevant parfois son chapeau pour s'éponger le front, tous les trois avançant exactement au même rythme, leurs pieds faisant crisser la neige et s'ils se retournaient ils pourraient voir leurs empreintes, la preuve manifeste, presque géologique, qu'ils sont là ensemble. Il la prend par le bras pour lui montrer, de la pointe de son bâton, un rapace perché sur un vieux poteau abandonné. Et elle sait, en regardant son profil d'homme-oiseau, qu'elle est revenue au bon endroit, que quelque chose dans ce monde gravite autour de cet homme qui ne demande plus rien, ne parle même plus et qui ne veut d'elle rien d'autre qu'un peu de compagnie pour avancer dans la neige.

12

LAURENTIN

Le dimanche suivant, Laurentin pénètre sur le terrain municipal en avance. Il vient de laisser encore un message à Mlle Carlini, la propriétaire de la maison incendiée. Ce doit être le dixième. Son instinct lui commande d'appeler la police de sa banlieue, la morgue et les hôpitaux, mais il a pris goût à ce petit rituel. Il connaît son annonce de répondeur par cœur maintenant, il pourrait imiter la cadence et les inflexions de sa voix, qui sonne enjouée, juvénile, printanière presque. Elle a l'air de venir de très loin d'ici, d'un pays qui ignore tout de la neige et du gel. Mais ce qu'il entend surtout, lui, c'est quelque chose de décidé et de tranchant, quelque chose qu'il aurait rêvé d'entendre dans la voix de sa propre fille. Il se demande à quoi elle peut bien ressembler. Il imagine l'Italie, une jupe colorée, le petit nez de Sophia Loren, une peau brune et des boucles noires.

Il porte un vieux survêtement, sifflet au cou, casquette. Il aime assez le football en hiver, ça lui rappelle ses vingt ans. Il fallait se lever diablement tôt le samedi pour aller à l'entraînement, alors qu'en général le vendredi soir on se couchait vraiment tard. Il se souvient comme si c'était hier du bus qui se traînait dans les rues encore désertes, de la brume sur le terrain, du froid glacial dans le vestiaire qui le faisait se changer le plus vite possible, des premières foulées dans le froid, et puis de la sensation exquise à peine une demi-heure plus tard d'avoir chaud dans le froid. De bien sentir que l'air qui entre dans les poumons est glacé mais qu'il alimente une machine en fusion. Il se souvient du sol, lourd, gorgé d'humidité, parfois glissant à cause du gel. Il se souvient comme le terrain d'entraînement était plus agréable que la plupart des terrains des matchs officiels du jeudi, une vraie pelouse sur laquelle il faisait bon se jeter. Il se souvient comme il aimait courir, le sentiment impérieux qui s'emparait de lui quand il accélérait pour un appel ponctuel, réalisé dans l'exact tempo qui correspondait à la mécanique d'ensemble de son équipe. Ce sentiment grisant de faire partie d'un tout. Les joies insolentes du football, l'ardeur qui naît d'avoir pris le dessus physiquement sur un autre, de l'avoir dominé de l'épaule, d'avoir été plus rapide, plus solide, plus malin. Le regard des autres, après qu'il avait orienté le jeu sur l'aile opposée en deux touches de balle, contrôle – feinte de corps – transversale. La sensation fugace d'avoir fait le geste juste au bon moment, de s'être coulé dans le flux, de n'avoir rien ralenti, de s'être effacé derrière une expression collective. Un goût de pureté. Parfois, il se demande si ce n'est pas ce qu'il a toujours cherché dans les forces de l'ordre. Parfois, il se dit qu'il pense trop à lui-même et il met vite fin à ces moments d'introspection.

Il avance précautionneusement. Le terrain est presque entièrement couvert de neige. Il a acheté des ballons orange pour les petits. Les voilà d'ailleurs. Aujourd'hui, ça va être un peu rude pour eux. Ils ont leurs écharpes et leurs bonnets. Ils s'échauffent consciencieusement. Il les dispose par groupes de cinq. Un joueur au centre, puis un à chaque coin d'un carré autour de lui. Le joueur central va devoir faire des une-deux simultanés avec chacun des quatre autres, qui tournent autour de lui du plus vite qu'ils peuvent. Ça glisse, ça tombe, ça appuie trop ou pas assez ses passes. Ça rigole beaucoup, malgré la difficulté de l'exercice. Laurentin ne sourit pas, il ne se laisserait jamais aller à ça, mais enfin, il y a en lui une sorte de ravissement à voir ces garçons d'une douzaine d'années s'amuser si pleinement dans la difficulté. Il aime la façon qu'ils ont de se tomber les uns sur les autres, le contact viril dont ils ont besoin entre eux pour traverser l'adolescence, pour se rassurer en chemin. Il aime ce mélange d'application et de joie dans leurs gestes pas encore maîtrisés. Il aime la façon dont tout leur corps répond à leurs émotions, sans barrière, sans procédure de sauvegarde.

Il aime leurs yeux. Personne n'a encore réussi à les faire baisser. Certains ont essayé. Il y en a au moins deux qui ont des beaux-pères violents. D'autres qui n'ont pas le sou, et pas beaucoup de perspectives. Au moins un qui est déjà beaucoup trop grave pour son âge. Malgré tout, rien n'est encore venu leur enjoindre de garder la mesure, de ne se servir qu'avec modération. Ils n'ont aucune raison de ne pas en prendre plein les mirettes. Ils ne sont que faim, que faim et entrain. On dirait des petits animaux. Ils sont parcourus d'une joie féroce, irréfléchie et qu'on dirait impossible à contenir. Tellement qu'elle déborde sur leurs lèvres, leurs dents, leurs cous, leurs petites épaules, qu'elle fait vibrer leurs langues et qu'elle joue dans leurs cheveux dorés.

Petit à petit, l'exercice se rode. Tout devient fluide. Les passes précises, les contrôles orientés, les courses cadencées. Quand il siffle, ils sont pleins de la joie d'avoir compris. Pleins de ce plaisir brut du sens, attrapé au vol, comme au lasso. Pleins d'une grâce de l'instinct parfaitement formulé, de la découverte de leur propre adresse, de leur volonté expulsée avec aplomb dans un monde pourtant si vaste et si enclin aux bourrasques contrariantes, à la perpendiculaire du chaos exactement.

Il a envie de leur dire, "Mes petits, vous pouvez être des ancres, des phares, des cumulonimbus, des météores mais prenez garde, le vent mauvais toujours vous guettera". À la place, il crie "10 minutes", et tous partent en riant à petites foulées enchaîner les tours de terrain. Il commence à ramasser les plots, et aperçoit trois pères qui ont pris place contre la rambarde, derrière le but. Quand il passe devant eux, l'un ôte sa casquette pour se gratter les cheveux, et un autre, la clope au bec, lui dit simplement, "Vous allez l'attraper, le rôdeur ?"

13

JEAN

Jean Couble est, sinon heureux, du moins satisfait : cette semaine, il n'a pas eu besoin d'aller chercher le père. Ni chez les gendarmes, ni chez un de ses camarades de chasse, ni chez un de ses voisins. Le vieux n'a rien cassé, injurié personne, et pas assez bu pour essayer de se battre ou s'endormir dehors. Cette semaine, Jean a pu rester avec Patrick chaque jour, menant avec lui le travail d'hiver, à ce rythme lent et besogneux qui tranche tellement avec la frénésie estivale.

Les deux frères font provision de bois depuis deux jours, et c'est moins long et dur que la dernière fois grâce à la fendeuse électrique qu'ils branchent au cul du camion. Ils n'utilisent plus le merlin que pour s'amuser et le visage de son imposant petit frère s'illumine lorsqu'il parvient à fendre d'un coup les grosses bûches de frêne et de hêtre qu'ils ont débitées. Il n'en faut guère plus pour le rendre heureux, et Jean maudit, comme la veille, comme l'avant-veille et comme tous les jours d'avant depuis ses dix ans, tous ceux qui ne voient en lui qu'un attardé. Il leur aurait fallu être là pour savoir ce que Patrick est vraiment.

Ils ne sont pas là quand même lui n'en peut plus mais que son frère – presque aussi fort et rapide que lui – continue sans cesse et en fait toujours plus que sa part, capable de faucher, faner, retourner les andains du soir au matin, nourrir les bêtes, curer le fumier du parc à veaux, nettoyer l'étable de fond en comble et les grilles de la salle de traite, semer le maïs, déplacer les troupeaux, gérer les bêtes turbulentes qui s'échappent sur les routes, brancher les tireuses sur les pis gorgés, refaire les clôtures, isoler une bête et la faire entrer dans la trémie pour qu'on puisse la piquer, entretenir tout ce qui peut l'être, réparer tout ce qui se casse, et tout se casse sans arrêt.

Ils n'étaient pas là quand, adolescent encore, agoni d'insultes par un père acariâtre qui lui reprochait la mort de sa mère, il ne bronchait jamais, encaissant docilement les mots comme les coups, jusqu'au jour où il le vit frapper son grand frère avec une poêle. Jean se souvient encore de la vitesse à laquelle son frère a bondi. Il guette dans chacun de ses gestes depuis bientôt deux décennies une explosion d'énergie aussi forte et impressionnante. Il sait depuis ce jour ce dont le corps de Patrick est capable. Le vieux en perdit l'usage d'un œil.

Ils n'étaient pas là quand Jean avait fini par réussir à rentrer chez lui, cette fois où il travaillait encore à l'usine et qu'ils avaient été bloqués pendant deux jours par les grévistes. Il avait dit au délégué syndical, un gars de Lempdes avec qui il avait été à l'école, qu'il fallait qu'il rentre chez lui. Il avait insisté. L'autre n'avait rien voulu entendre, alors Jean lui avait enfoncé la tête dans une porte. Il se souvient encore de la vitesse à laquelle il conduisait pour rentrer. En son absence, Patrick ne s'était nourri que de pain et son visage affolé était couvert de larmes. Il avait passé le bras à travers plusieurs fenêtres, et avait refusé pendant des jours qu'il le touche. Jean avait démissionné et n'avait plus jamais quitté la ferme.

Ils ne sont pas là quand Patrick prend dans ses grosses mains la toute petite photographie de leur mère, qui pose devant un drap blanc à l'école communale. Dans ses habits de fête dont Jean n'a aucun souvenir réel, elle semble flotter au-dessus du sol et les regarder directement, eux les garçons à venir qui auraient dû faire sa joie et qu'elle ne connaîtra qu'un temps infime. Il se demande chaque fois comment elle avait pu se soustraire à l'emprise du vieux pour aller se faire tirer le portrait.

Ils inquiètent tout le monde maintenant, et ils sentent bien l'un comme l'autre, en reniflant leurs odeurs de peur, que c'est sans doute là la source des moqueries et des rumeurs. Patrick n'aime pas les foules, alors Jean ne les fréquente pas non plus. Patrick n'aime pas parler, alors Jean se tait aussi. Patrick n'aime pas trop se laver, alors Jean, même s'il fait plus d'efforts, a assez souvent l'air aussi sale que lui. Patrick n'aime ni se raser ni se couper les cheveux, alors ils sont tous deux hirsutes. Patrick n'aime pas son père, alors Jean limite les visites et s'en occupe souvent seul. Patrick aime éclater des bûches au merlin, manger à s'en faire péter la panse, regarder le foin sécher, compter les vaches par groupes de douze, contempler l'étendue des terres dont il a la charge et de temps en temps aller poser de menus cailloux translucides qu'il trouve dans le lit de la Sianne sur la tombe de sa mère. Patrick aime chasser, alors ils chassent, mais pas comme les autres. Ils ne mettent pas de GPS aux cous des chiens, parce que ce qu'ils aiment le plus dans la chasse, c'est marcher, tous les deux, s'enfoncer toujours plus avant dans la forêt, essayer presque consciemment de se perdre, en tout cas de gagner un pays qu'ils connaîtraient moins par cœur, dont les reliefs pourraient être inattendus, l'espace entre les arbres plus aléatoires et parfois, mis à part leurs fusils, l'épaisseur du cuir de leurs chaussures fabriquées en Autriche pour la haute montagne et le jaune fluorescent de leurs gilets, mis à part ça ils sont si éloignés des autres hommes que c'est comme être à l'origine du monde. Jean sait que Patrick ne saurait pas l'exprimer mais il adore ça. Patrick aime entretenir les vieux ponts centenaires qui franchissent la rivière, que des paysans du siècle d'avant ont érigés pour leurs troupeaux et dont plus personne ne se sert, alors ils vont en cachette s'adonner au passe-temps futile de la maçonnerie. De tout cela, Jean est le gardien. Un gardien dévoué et incorruptible, au coup de poing facile et au verbe rare, qui regarde maintenant, du haut de la côte, par la fenêtre du pick-up, les terres du cousin Hervé défiler sur sa gauche.

Il les regarde parce qu'il aurait simplement pu sonner à la porte et demander, mais il ne sait plus comment on fait, demander quelque chose. Depuis les cours d'école, les ricanements, les jets de marrons et de pierres, les noms d'oiseaux, il s'est résolu à faire sans les autres, et à prendre ce qu'il voulait de force ou faire sans. Il les regarde parce que les cours sont si bas et qu'ils sont tous sur les rangs, dans le coin, tous à la recherche de rendement supplémentaire, de terres disponibles pour mettre plus de bétail, tous comme lui, petit-fils de paysan, fils d'agriculteur, lui-même guère plus qu'exploitant agricole. Petit rouage, infime chaînon, s'accrochant à des savoirs dont plus personne n'a besoin, tout ce qui tient son monde se décidant loin d'ici, dans des boîtes noires qu'il ne saura jamais déchiffrer. Il regarde les terres du cousin Hervé parce qu'elles forment comme une enclave en plein milieu de leurs champs et que pour Patrick c'est comme une pièce manquante d'un puzzle que son esprit malhabile tente de compléter. Il les regarde parce qu'il sait que son père jubilerait si ses fils, d'une manière ou d'une autre, prenaient des terres aux descendants de son grand-oncle, sur la mémoire duquel il crache sans même plus savoir pourquoi, et l'idée que son père jubile pour quoi que ce soit lui donne envie de démolir un mur à mains nues. Surtout, il ne l'admettra jamais à voix haute et il n'a de toute façon personne à qui le dire, mais il les regarde parce qu'à l'enterrement du cousin la seule vue de la femme habillée en noir lui a réchauffé les entrailles, des parts obscures de son corps semblent être revenues à la vie, sans prévenir, et comme lorsque ses orteils ont dégelé l'hiver de ses quinze ans, ça lui a fait un mal de chien. Il a comme de coutume serré les dents et il tente de ne pas les desserrer depuis, de condamner à l'errance et au bannissement ces pensées parasites qui lui rappellent les plaisirs de la chair, la concupiscence de l'adolescence et qui lui montrent du doigt tous ces territoires que la vie avec son frère lui interdit. Il s'efforce de regagner sur son corps le contrôle qu'il a toujours exercé, de réenterrer ce désir physique dont il ne sait que faire, mais quelque chose brûle en lui et pour une fois c'est lui qui a peur.

14

ÉLI

Ils marchent, compagnons, avec ou sans Aragon, maintenant aussi avec Silex enfin guéri, plus rarement avec le très vieux Nérac au pas hésitant, dans la neige, dans la boue, dans les odeurs renversantes des tourbières et dans les couches d'humus qui s'étendent au pied des arbres dans ces bois que personne ne court. Louise toujours les précède et son allure aérienne ne trompe personne : c'est bien elle qui les ancre au sol. Eux, hommes animaux, ne sont là que par son truchement. L'hiver vient et repart, à son rythme. Alors que le pays entier accueille le printemps, il est encore ici, lové entre les montagnes, mais paresseux et endormi là où il était déchaîné quelques semaines plus tôt. Elle voudrait qu'il monte sur les chevaux, mais il se contente de marcher à leurs côtés, de s'accorder à leur allure paisible. Avec elle et avec eux, il peut marcher comme un géant. Petit à petit, ce qui les peinait s'évapore, pour partie. S'allège, au moins un peu. Ils avancent lentement, sûrement, en étant parfaitement certains de l'intention de chacun de leurs pas. Ils choisissent, et pas au rabais, le destin de chaque foulée. Ils progressent ensemble, épaule contre encolure contre épaule. Ils ouvrent le poitrail. Ils se prennent parfois à partir à l'amble. Ils défilent au pied des montagnes et aux portes de leurs déserts de pierre. Ils pourraient traverser un océan, l'enjamber sans doute. Ils progressent dans le vent glacé comme ils progresseraient dans la fournaise. Ils ont renoncé à la vitesse, mais rien ne les arrêtera, pas les ronces, pas les clôtures, pas les fossés, pas même les incendies et les brasiers, pas même le silence, pas même les nuages. La pluie les réchauffe.

Ils mangent, sous l'œil bienveillant de Fiona qui un soir montre la photo de leur fils, visage tanné et durci sous un gros bonnet, l'air un peu maigre lui aussi, sec en tout cas, le piolet à la main, les lèvres gercées, dans les yeux l'ivresse des sommets les plus hauts du monde, c'est-à-dire aussi un reflet de la mort. Il vit au Népal, dit-elle.

Louise étrille, panse, nettoie, cure. Les stalles sont son royaume. Les chiens sont son armée. Mais c'est Andrew qui s'occupe des quelques moutons. On le voit souvent, droit comme un *i* aux abords du troupeau, les mains dans le dos comme font les vieux paysans d'ici. Éli porte, pioche, désherbe. Il y a un vieux buron à une heure de marche, près de la ligne de crête, dont il faut refaire les murs avant de refaire la toiture. Ce sera sa contribution à l'effort de guerre.

Il apprend à manier la débroussailleuse, même si la première fois il ne parvient qu'à s'abîmer l'épaule et à noyer le moteur. Il apprend à faire de la chaux. Il apprend à redresser des poutres vermoulues. Andrew et lui les arrosent copieusement pour les attendrir, puis placées entre deux étaux leur tapent dessus avec un lourd marteau. À son tour, Éli sent les vibrations dans tout son bras et son épaule, et un peu de sa force revient à chaque coup. Andrew dit que ça ne coûterait presque rien d'en acheter de neuves mais que c'est beaucoup plus amusant comme ça.

Il s'endort épuisé, chaque soir, en écoutant tomber les feuilles de ses arbres intérieurs.

Sans rien en dire, il affuble Louise d'un surnom. Ce sera Petit Feu. Elle le laisse marcher avec les chevaux, et elle a autant besoin de silence que lui. Mais ce n'est pas parce qu'on ne dit pas un mot qu'ils ne disent rien. Et ce n'est clairement pas parce qu'ils ne se touchent pas qu'ils ne se font rien. Ce n'est pas parce qu'il ne peut plus voir Siskiyou qu'il ne la regarde pas chaque jour. Ce n'est pas parce qu'il est devenu muet qu'elle ne l'entendra plus. Et ce n'est pas parce qu'il fait tout noir qu'il n'a pas les yeux en feu. Pas parce qu'il y a du vent qu'ils sont enfin libres comme l'air. Non, vu comme ça souffle depuis qu'ils sont nés, vu les bourrasques qu'on leur a collées dans la tronche, ça se saurait.

Ils ont l'air libres, là-haut, à parcourir en larges cercles cette terre dont plus personne ne veut, à guetter les chevreuils et les biches, les milans et les faucons, la tache rousse du renard qui court dans la neige, à espérer le retour du loup gris, à esquiver le vent, à sans cesse se soustraire aux regards.

Éli s'accroche à la pente, à la roche, aux branches des hêtres et au flanc chaud du cheval comme il s'accroche aux souvenirs de Siskiyou, ceux qui ne le rendent pas ivre de douleur. Ils lui ont fait traverser, pas à pas, ce long hiver. Quand il se glissait derrière elle dans le lit en rentrant tard le soir, même en dormant elle avait ce petit geste de la main. Elle lui flattait la joue doucement, pour lui dire qu'elle le savait là, là où il devait être, pour lui dire qu'elle se souvenait de la pluie sur leurs joues enflammées, du vent sur la plage et dans leurs yeux, de la promesse que pour leurs enfants le ciel serait grand ouvert.

La peine petit à petit lâche ses nerfs. Elle se fond dans ses os. Elle les tord un peu, les fait à sa main, les arrange à sa guise, les ordonne en un nid de brindilles fossilisées. Sa démarche change, définitivement, et ses espoirs resurgissent. Ce sont des éléphants immenses, gris, mystérieux, qui se meuvent lentement, en bande organisée et ils ont la mémoire de leurs morts. Et les éléphants, ça se parque ou ça se braconne.

Ses espoirs et lui, ils ont toujours été déçus.

15

LISON

Lison explique aux deux garçons, Gabriel le brun et Édouard le blond – elle se souvient des petites listes de prénoms qu'il dressait au crayon à papier dans un carnet qui servait avant à noter les quantités de bois à livrer –, qu'ils vont rester avec Céline cette nuit, parce que Maman doit aller voir des amis. Elle est surprise du peu d'importance qu'ils accordent à cette nouvelle inhabituelle, et de l'étrange complicité qui s'est nouée entre les deux petits sauvages et leur visiteuse. Elle remercie encore sa nouvelle amie qui, la veille, au terme d'une épuisante marche vers la ligne de crête – leurs visages luisaient de sueur dans les frimas, elle se sentait sale, gros tas, adipeuse, graisse indisciplinée, lui a proposé de garder les enfants pour qu'elle puisse sortir un peu.

Elle s'éloigne, salue le petit Quentin qui comme à son habitude jongle adroitement avec son ballon en attendant son père devant chez lui, la seule autre maison du hameau à être encore habitée. Il s'approche juste assez pour dire “Bonjour Lison” de sa voix d'enfant qui appartient si peu à ce corps de petit adolescent. Elle lui ébouriffe distraitement les cheveux, sans que ça ne l'interrompe le moins du monde. Elle ne s'étonne plus de son adresse de saltimbanque. Cela fait des mois que le père ne parle plus que de ça, du talent de son fils pour le football. Il paraît qu'au dernier match il a craché sur l'arbitre et qu'il a fallu lui faire regagner sa voiture de force. Elle se souvient à quel point elle s'inquiétait pour ce petit garçon sans mère, avant, quand elle n'avait pas ses propres peines à énumérer par leur nom pour trouver le sommeil. Elle voit qu'il sourit à son contact. Ça la réchauffe un peu.

Elle prend la voiture, fait sa marche arrière sur le petit sentier qui serpente du local poubelles au garage. Elle avait tellement peur de verser dans le fossé, au début, et elle le fait maintenant les yeux fermés. Elle conduit doucement, comme si elle ne voulait pas s'éloigner de chez elle trop vite. C'est la première fois depuis la mort d'Hervé qu'elle sort. Depuis bien avant, même, est-elle forcée de reconnaître. Elle a l'air enjouée. Elle a dit qu'elle dormirait sans doute là-bas, chez son amie Catherine qui est institutrice à La Treille.

Si on la suivait, pourtant, on verrait qu'en rejoignant la départementale qui l'emmènerait directement vers Fond-du-Lac, elle ne tourne pas dans la bonne direction. Au contraire, elle part vers le haut de la vallée. Elle dépasse le lac, la vieille chapelle posée au bord d'un précipice, le château en ruine, la mine abandonnée et elle va toujours plus loin vers le rien. De part et d'autre, les montagnes se penchent sur elle et sur ses petits phares impuissants comme des géants antiques et curieux, des êtres mythologiques interrompus dans leur paisible méditation. Si on la suivait encore, on la verrait quitter la route sous le couvert des frênes et traverser un champ pas encore fauché. Les roues de la berline couchent des herbes hautes comme de grands enfants mais elles se redressent après son passage, et sa trace est presque imperceptible. Bientôt la voiture s'arrête et ses feux s'éteignent, pas loin des arbres qui séparent le champ du cours de la rivière, là où la terre gorgée d'eau commence à se faire boueuse, à la frontière du monde de l'eau exactement, sur un fil invisible.

Elle n'ira pas plus loin ce soir, elle ne va voir personne, elle entend rester seule toute la nuit. Elle sort du coffre une couverture à carreaux, une couverture en laine bien rêche, cette couverture-là et pas une autre, elle est allée la chercher tout au fond d'une maie où elle a précipitamment entassé toutes les affaires d'Hervé. Allongée sur la banquette arrière, elle joue à allumer le plafonnier avec ses orteils et elle peut voir les étoiles par la fenêtre, elle entend le murmure de la rivière, et elle se remémore ses mots après l'amour. Ils ont passé tant de nuits précisément à cet endroit, elle a pris soin d'orienter la voiture exactement comme il le faisait, elle est allée jusqu'à mettre la chemise délavée à carreaux bleus et verts qu'il aimait, le vent du nord souffle la même fraîcheur bienveillante, et elle s'est lovée contre son absence, elle regarde le ciel comme quand il lui montrait les constellations. Face au ciel qui a tant changé, elle doit bien admettre qu'elle ne saurait pas en retrouver une seule.

Elle le faisait jouir parfois un peu vite, en le prenant dans sa bouche, en remontant le plus lentement possible le long de son sexe, et elle aimait l'étonnement miraculé qu'elle lisait alors sur son visage. Elle ne s'était jamais sentie aussi libre qu'en baisant avec lui. Elle jouissait tellement fort, elle en a des souvenirs d'une précision incomparable, quelque chose naissait dans son corps beaucoup plus bas et beaucoup plus profond que d'habitude, puis se propageait le long de sa colonne et rebondissait dans ses épaules, ses mains, et ses chevilles. Dans chacune de ses dix premières larmes il y a un souvenir différent de lui qu'elle ne peut retenir. Elle se souvient des muscles de ses jambes. Elle peut dessiner à main levée, dans l'air cotonneux, chacune de ses cicatrices. Elle se souvient qu'il s'endormait parfois sur elle, et qu'elle le veillait, leurs jambes emmêlées, sa bouche entrouverte sur ses seins, qu'elle se forçait à ne pas bouger, qu'elle le regardait dormir en essayant de deviner ses traits d'enfant dans les lignes durcies de son visage, qu'elle se demandait ce qui en lui pouvait la transporter autant, ce qui faisait que dans ses bras à lui elle acceptait toutes les rudesses et tous les emportements, comment il avait fait pour obtenir cette confiance qu'elle ne savait pas pouvoir donner. Elle se souvient qu'elle le réveillait à coups de langue et qu'il souriait bien avant d'ouvrir les yeux. Elle se souvient qu'il a toujours été une énigme, et quand elle s'avance dans l'eau au cœur de la nuit, en bottes et en chemise, les fesses à l'air comme il aimait, elle espère que son fantôme caché dans les brumes acceptera de venir lui dire adieu. Elle a mis une petite plume de geai sur son oreille gauche. Elle dépose son deuil au milieu de la rivière, elle lui fait une petite cachette, sous l'eau, au milieu du quartz, du mica et du feldspath, et elle confie à la rivière les cendres de leur arbre, un orme, qu'elle a brûlé au cours des trois jours précédents.

Comme la toute première fois, douze ans plus tôt, elle est réveillée par le soleil qui surgit par la droite de la montagne en forme de dent, à une heure que seuls les oiseaux connaissent et qui lui permettait de rentrer à temps pour que personne ne se doute de ses voyages nocturnes entre les jambes d'une étrangère. C'est lorsqu'elle regagne la route, en douceur, le moteur à peine audible, comme poussée par le vent, qu'elle les distingue vaguement au-dessus du pont en ruine qui barre la fin de notre vallée. Elle est tellement obnubilée par l'urgence qu'elle sent de serrer ses enfants contre elle, contre son odeur impudique de nuit, contre son odeur de veuve, pour leur léguer la part de leur père qui leur revient, qu'elle manque presque de les voir, deux silhouettes sauvages qui semblent s'enfuir à travers la forêt, en ligne droite vers les sommets. Une jeune fille aux cheveux bouclés et roux vêtue d'une sorte de longue cape grise et un homme très grand et très maigre qui porte une vareuse militaire. Ils passent les obstacles et les raidillons avec l'aisance du cerf impassible. Elle hausse les épaules. Cette forêt est assez vaste et ancienne pour porter tous nos souvenirs et tous nos travers, elle en est persuadée.

16

LOUISE

C'est un samedi soir au début du printemps qu'elle entend pour la première fois sa voix. Andrew et Fiona leur ont prêté leur deuxième voiture dont elle se sert peu, un tout petit cube rouge pas très adapté aux routes de montagne, mais enfin il n'y a plus de gel et elle devrait faire l'affaire. C'est à Éli qu'Andrew a tendu les clés, mais en arrivant devant la portière, après avoir ouvert en grand le vieux portail qui grince et racle la pierre, il s'est tourné vers elle et il lui a dit, le plus naturellement du monde, comme s'il avait toujours parlé, "Je ne sais pas conduire".

Il a une voix douce, la voix de quelqu'un qui n'aime ni ne sait ni ne peut parler fort. La voix de quelqu'un qui préfère renoncer plutôt que d'avoir à se faire entendre. La voix de quelqu'un qui espère qu'on se penchera un jour sur lui. Elle s'installe derrière le volant, elle retrouve un peu de la fierté qu'elle avait eue à obtenir son permis si facilement. Elle a un regard hésitant pour son passager, le menton dans les genoux. C'est qu'elle n'a jamais conduit avec qui que ce soit d'autre que ses parents.

Le jour tombe. Le froid se glisse dans l'habitacle. Elle enclenche la marche arrière et il se met à parler. Il dit, "La maison que j'ai brûlée je voulais l'acheter". Il prend son souffle, il dit qu'il était assis par terre devant la maison de Siskiyou, qu'il ne sait pas ce qu'elle aurait pensé à le voir là, le cul crotté dans la boue, le givre sur les joues, les pieds tétanisés de froid, à ne plus en pouvoir de pleurer. Il dit que cette femme-là, dont le portrait prend vie petit à petit, alors qu'elle conduit prudemment entre les arbres, dans le soir tombant, et que la lueur des phares dessine des icônes dans les branches, que cette femme-là n'aurait sans doute pas su quoi dire, qu'elle était toujours désemparée devant la tristesse.

Sa maison à elle, c'était la plus petite de tout le hameau. Et lui, il avait des visions de grandeur, des plans pour l'avenir. Il voulait s'agrandir. Racheter et retaper le corps de ferme attenant tombé en ruine. Le remettre en état et y recréer une base arrière, un endroit assez grand pour eux, pour leurs amis, leurs frères et leurs sœurs, et tous les enfants qui n'allaient pas tarder à naître. Une forteresse où se replier. Un refuge contre le vent mauvais. On lui avait raconté l'histoire de la mort de son propriétaire. Il l'avait rénové des années durant, et le soir où il avait appelé sa femme et ses filles pour leur dire qu'elles pouvaient enfin le rejoindre, il était mort dans son sommeil. Depuis, la veuve avait refusé de l'entretenir mais faisait échouer toutes les ventes. Les fenêtres s'étaient brisées, le toit s'était effondré en partie, l'échafaudage qu'il avait utilisé pour la façade n'avait jamais été démonté. Tout ce qui pouvait rouiller avait rouillé. Tout ce qui pouvait se fissurer s'était fissuré. Pour autant, la maison semblait refuser dignement de s'effondrer. "J'aurais pu en faire quelque chose", répète-t-il, plusieurs fois.

Louise ne dit rien. Elle aime la façon dont il hésite sur les mots, les précautions dont il fait preuve, et les silences qu'il se permet. Elle n'aime pas le parfum de défaite de sa voix. Elle a autant envie de la réparer que de s'en éloigner comme on fuit une contagion. Elle prend un virage serré qui débouche sur un pont de pierre. Ils sont tout au fond de la vallée, au point le plus bas, là où la rivière bouillonne le plus fort. D'ici, on ne peut plus voir le ciel. D'ici, on ne peut que remonter. Une voiture y est déjà engagée, un homme entre deux âges avachi sur le volant. Il faut reculer sur plusieurs centaines de mètres pour trouver un endroit où elle a la place de se ranger sur le bas-côté pour le laisser passer. Quand ils repartent en avant, Éli reprend. Il raconte comment elle jouait le jeu, même si elle se doutait qu'ils ne se lanceraient jamais. Comment ils s'imaginaient apprendre à faire des choses de leurs mains, comme leurs parents et leurs grands-parents avant eux. Parmi ces ancêtres, il y avait eu des cordonniers et des charpentiers, des contremaîtres et des luthiers, des ébénistes et des passementiers. Quelque chose n'avait pas été transmis : eux avaient passé leur vie d'adultes confinés derrière des bureaux, et on s'ennuyait tellement, dit-il, perpétuellement assis, assis pendant des jours, des semaines, des années, jamais debout, jamais en mouvement, avec un ordinateur comme seul outil, des connexions sociales par milliers et rien pour les relier à la matière des choses. Évidemment, elle avait raison. Ils n'avaient pas racheté la ruine, n'auraient pas su quoi faire de ces murs troués. Ils n'étaient que velléitaires. Il dit, "Je n'ai jamais vraiment été à la hauteur de mes rêves".

"C'est bien, aussi, une petite maison", dit Louise. Et il la regarde étrangement, dans le noir presque, maintenant que le soleil est couché. "C'étaient d'anciennes dépendances, dit-il, sans doute qu'au temps des paysans on y entreposait du grain. Et c'était bien, tu as raison, on avait de quoi se rassurer quand la vie, la grande ville et les petites vies qu'on y mène, nous faisaient trop plier l'échine." Il a trébuché sur le "tu".

Elle prend par ce qu'elle appelle le chemin du haut. Bientôt, voilà la sortie des gorges, la route se fait plus large, l'éclairage plus vif. Et en bas d'un promontoire raviné, Fond-du-Lac. Elle essaie de s'imaginer cette femme, Siskiyou, et elle voit un visage de guerre.

17

LISON

Elle s'est sentie obligée et déjà elle s'en veut. Elle s'est sentie déliée d'une vieille promesse, et déjà elle sait qu'elle a eu tort. Sous ses pieds, la terre porte des traces trop nombreuses pour être expliquées. Aucune qui lui dessinerait un chemin sur lequel s'engager. Le chuintement du vent est aussi discret et aussi imposant que la respiration de quelqu'un qu'on entendrait dormir au cœur de la nuit, juste de l'autre côté d'un mur. Elle sort du champ qui a été transformé en parking, à la sortie de Fond-du-Lac, un enfant à chaque main, et déjà la rumeur de la fête vient jusqu'à elle.

Dans la salle des fêtes, on a dressé des tables, accroché des lampions, récupéré des bancs dans le préau de l'école communale, installé quelques tables éparses, mis des canettes de bière industrielle à fraîchir dans de grandes poubelles vert kaki remplies de glace pilée. On n'a rien pu faire pour le vieux carrelage blanc et les murs saumon, alors on attend la fin du jour pour que la pénombre cache un peu la misère. Devant, trois hommes s'affairent autour de cochons embrochés, les arrosent de temps en temps en sirotant des pastis servis dans des pintes. L'un d'eux souffle sur ses mains pour les réchauffer. Des enfants se précipitent, sur le parking leurs frères adolescents se montrent des figures de vélo qu'ils maîtrisent mal. Un convoi de vieux, de boiteux, de séniles, de fauteuils mécanisés passe devant le monument aux morts puis est cornaqué vers le fond de la pièce. Pour un peu, elle se dit que sa place serait là-bas aussi, du côté des éclopés.

Trois gouttes de pluie se détachent d'une gouttière. Vont se détacher. Hésitent un temps infini. Attendent peut-être qu'elle détourne le regard. Le soleil couchant y dessine des mondes entiers en réfraction.

Des ouvriers se rassemblent, chacun avec les siens. Ceux de l'abattoir, d'abord. Ceux de l'usine à pneus ensuite. Deux conglomérats qui se reniflent, des molosses qui sentent venir leur heure. Chaque groupe de part et d'autre de la petite scène encore inoccupée, faisant semblant de ne pas voir l'autre, quand bien même on y a un cousin, un parent quelconque qu'on saluera vite fait, en faisant la queue devant les toilettes, mais plus tard, pas là en pleine lumière.

Les regards qu'elle croise sont froids, indifférents au mieux. Elle se voit endeuillée dans leurs yeux, tout entière noyée de brume et de noir. Se sent impudique en terrain découvert. Elle a presque honte des sourires que les enfants adressent aux lumières joueuses qui les surplombent. Son instinct lui dit de retourner se cacher. Lui dit de retourner sur ses terres et de ne pas attiser les convoitises à se promener ainsi en feignant la gaieté en n'ayant encore rien dit de ce que deviendraient les terres. Lui dit de mettre un crêpe noir sur sa tête et de soustraire aux regards inquisiteurs la fraîcheur de ses joues, la flamme de ses yeux qui a refusé de s'éteindre, l'indiscipline manifeste de son front bombé. Mais ça n'irait pas non plus, elle a envie de le dire à tous et à chacun, si les enfants lui faisaient un cortège affligé, s'ils portaient sa longue traîne de veuve et si le silence s'imposait sur son passage.

Il faut sur son visage porter beau, alors. Répondre aux esquisses de sourire par des saluts francs mais mesurés. Faire mine d'être en promenade quand le trajet qui mène jusqu'au stand aligot saucisses ressemble au calvaire, cerné par les murmures des bêtes et les grognements des hommes.

Bientôt la foule grossit, on entre en faisant claquer les portes pour vite s'abriter du vent qui forcit. Sa nouvelle ampleur prend sa source dans les villages voisins. Leur jeunesse s'agrège en grappes, en atomes qui ricochent sur des parois invisibles et fusionnent au hasard ou presque, et le mercure liquide des vieilles rancœurs n'en finit plus de goutter sur l'asphalte. Au loin, de vieux parents vont compter les heures de la nuit, les égrener sur le chapelet de leurs angoisses, parce que Fond-du-Lac est à vingt, trente, voire cinquante kilomètres en lacet et que sur ces routes tortueuses on va toujours trop vite. Les gens de Lempdes, d'Anzat, d'Ardes et d'Apchat, même ceux de Craponne qui déboulent ivres de vent et de la bière trop claire qu'on fabrique là-bas, tous sont là pour le bal. Parce que le bal, c'est mieux que de rester sur le pas de la porte à recompter les dépenses incompressibles et à vociférer seul contre le silence. Parce que le bal chaque année, c'est l'occasion de revoir la parentèle éloignée, les oncles peu loquaces, les vieilles tantes un peu folles, le cousin débile qu'on sort de son hospice pour l'occasion. Des gens contre qui on a des griefs mais enfin, à qui on a des choses à dire aussi. Elle voit les mouvements contraires de leurs étreintes, leurs pognes qui voudraient rassembler les forces, resserrer les liens du sang qui s'effilochent trop facilement, recompter les rangs, arracher un peu de joie à la mollesse de la nuit. Leurs grosses pognes infoutues de battre la mesure.

La nuit est tombée quand l'accordéoniste prend place sur son fauteuil. Il a un clavier à main droite qui lui permet de lancer des boucles d'orchestre préenregistrées. Il a des pédales à ses pieds qui commandent une boîte à rythme qui fera bien ce qu'elle peut pour donner naissance aux pulsations dont on a besoin ici pour triompher de la fatigue. L'homme-orchestre se présente en crachant dans le micro, comme s'il en était besoin, comme s'il n'écumait pas tous les bals de toutes les villes environnantes depuis plus de dix ans déjà, comme s'il n'avait jamais pris part à aucune des rixes qui y naissent spontanément, inévitablement, comme si les monts environnants n'abritaient pas les foulées hasardeuses de deux ou trois rejetons élevés dans la haine de leur père oublieux. Il fait ce qu'il a toujours fait. D'abord pour les plus vieux, pour ceux d'entre eux qui piétinent doucement jusqu'au parquet-salon monté en plein milieu de la salle, sur lequel les souliers glissent et rappellent à ces corps sclérosés les danses d'antan, il appauvrit tour à tour Tino Rossi et Édith Piaf, leur soustrait toute sève, leur enlève toute portée, pendant qu'on se presse aux deux bars. C'est comme ça qu'on appelle les planches posées sur des tréteaux où on se sert canon sur canon et on s'enflamme le sang parce qu'on déborde d'envie de lancer les hostilités. Deux couples dansent serrés, oscillant doucement, joue fripée contre mâchoire ravinée, et leur musique est trouée, chaque fois que la porte se rouvre, par les coups de chevrotine du stand de tir.

Elle sent le tempo qui s'accélère alors que les enfants, désormais organisés en une bande chétive, leurs souffles exhalés dispensant de la joie pour qui sait se pencher à la bonne hauteur, n'en finissent plus de se faufiler entre les tables, s'attirant parfois des cris outragés et parfois de petites taloches amicales. Elle voit les vieux couples qui battent en retraite, viennent se rasseoir en soupirant de contentement, aussitôt remplacés par plus jeunes et plus vigoureux, de nouveaux danseurs qui ne glissent plus sur le parquet ciré mais le martèlent méthodiquement, parce que de leurs pieds ils n'ont appris qu'à taper, pas à sinuer.

Au milieu des braillements et des mains dressées, elle voit les quelques miracles qui justifient le bal à eux seuls. Des regards jetés comme des ancres, des promesses faites en silence. La musique est si forte que les apprentis amoureux sont obligés de se toucher. Les regards de la foule sont si inquisiteurs qu'ils les condamnent tous à l'impudeur. Il faut en faire abstraction si on peut, en jouer si on sait, et le plus souvent se résigner à l'absence de légèreté de l'entreprise. C'est peut-être ce qui l'avait le plus touchée, ce premier soir, quand il l'avait invitée à danser. Tout autour, elle avait bien entendu les encouragements graveleux, mais dans ses yeux à lui il y avait un rire inextinguible qui ne s'amusait pas d'elle, ni de la situation mais qui justement l'oblitérait totalement. Plus tard, il dirait qu'il s'était senti là tout à fait libre, et puis après une pause, pas libre mais libéré. L'homme qui repose maintenant au fond de sa terre, son homme qui l'avait entraînée par les ruelles sombres, elle se souvient de la proximité du ciel et de l'odeur des pétards, bien avant que ne tombe le premier coup de poing qui ponctue chaque fête aussi sûrement que les pluies annoncent le printemps.

Elle sait que demain, à l'usine et dans les fermes, il y aura des retards et des absences. Des travailleurs mal dégrisés, certains appliqués, inaptes à la conversation mais tendus dans l'effort pour rattraper le retard pris, la plupart ne tenant pas leur place, les nerfs contre la terre entière, les gens, les animaux, les outils, le vent, les températures, les étrangers, les pisse-froid, les bites qui refusent de bander et les salopes qui refusent leurs faveurs. Elle sait que demain on pourra faire le compte, à ciel ouvert, lumière revenue, des lèvres tuméfiées, des dents cassées, des mains écorchées. Elle va pour s'éloigner alors, dès qu'elle perçoit le premier cri aviné qui ressemble trop aux grondements du combat. Elle rassemble les enfants et respire mieux dans le froid, à la périphérie de la fête qui bat son plein. Les corps y sont moins serrés, des petits groupes se sont formés, des fumeurs principalement. Certains s'éloignent déjà et à leur démarche elle a l'impression qu'ils se ressaisissent. Elle s'éloigne de la boîte à rythme binaire dont le son antique lui évoque désormais une forge.

Elle tourne derrière le terrain de pétanque, délaissé depuis plusieurs heures, sur le rebord duquel trônent des verres vides. Devant elle, une jeune fille aux cheveux roux et un homme très fin, très grand. Elle les reconnaît de la forêt, elle voudrait les rattraper mais les enfants, fatigués, se traînent derrière elle et lui demandent en boucle si elle peut les porter. Elle juche Gabriel sur sa hanche et donne la main droite à Édouard, qui s'y pend plus qu'il ne s'y accroche. Le couple devant croise un groupe d'adolescents qu'à cette distance elle ne distingue pas. Ce qu'elle voit bien, en revanche, c'est le bond de côté que fait la jeune fille. Ce qu'elle entend nettement, c'est le "Non merci" tremblant et la peur qui habite sa voix. L'un des adolescents se lève, regard calme et gestes de serpent, le clope au bout d'une main et de l'autre lui attrape le poignet.

Le temps semble se suspendre. Lison regarde autour d'elle, mais ils sont seuls dans cette petite rue encaissée, sous le muret qui leur cache maintenant la salle des fêtes.

18

LOUISE

Il tient son bras et dans ses mains sa peau se tord, se convulse et la brûle pour échapper à sa poigne. Elle croit qu'elle va crier, un cri de rage et de terreur, mais elle se souvient des leçons du frère, le deuxième, ses cours de taekwondo se terminaient par des exercices de self-défense qu'il se faisait une joie de lui montrer le soir venu. De sa main libre, elle attrape le poing refermé et se saisit, dans l'espace entre le pouce et l'index, du cartilage qu'elle écrase de toutes ses forces. Elle ne s'attarde pas sur son cri de surprise. Elle profite du relâchement de sa prise pour faire passer son poignet de l'autre côté de sa main et d'un mouvement tournant, fluide et perfide, qu'elle accompagne d'un coup du plat de la main sur le visage, bien plus qu'une gifle, le précipite au sol. Il se relève, tous se sont dressés, on dirait des chiens d'attaque. Elle se souvient, aussi, ce n'est pas la première fois et là encore elle se sent inexplicablement coupable, de la colère qui s'empare de certains hommes quand une femme les frappe.

Elle a la main parcourue de petits picotements. On dirait une arme qui veut réciter sa malédiction aux vents, qui veut qu'on l'use, qui chante le goût du sang, l'envie d'entrer dans les chairs et de marquer les âmes. Frapper, c'est mettre sa main dans un trou noir et profond, un trou de mort, et l'en ressortir plus vivante que jamais. Frapper, c'est palpiter. Frapper un homme, c'est rejeter le sortilège de sa naissance, réclamer sa part de l'histoire. C'est peser, c'est faire son poids. Frapper une fois, c'est faire naître le désir de recommencer.

Le jeune garçon reprend sa marche en avant, il avance d'un pas puis d'un deuxième, il affecte une démarche qu'il imagine être celle des caïds. Il a l'air amusé, et il sourit encore quand la canne d'Éli s'abat sur son bras. Éli méconnaissable, les mâchoires tellement serrées que son visage a l'air au bord de l'implosion. On entend distinctement un craquement, et l'adolescent, dont la peau est criblée de cicatrices d'acné, elle voit ça maintenant, perd pied, porte son bras blessé à sa poitrine, trébuche en arrière, retrouve son visage d'enfant. On pourrait croire qu'il va pleurer. Ses acolytes reculent d'un pas.

L'adolescent essuie son nez humide dans la manche de son bras valide. Il regarde Éli par en dessous. Éli va porter un second coup, elle le sent, et en se retournant elle le repousse par le col. Ses yeux brûlent dans le noir. Elle le repousse fermement et se jette sur lui, c'est la même chose, et malgré son corps qui vient heurter le sien, malgré son corps qui l'enlace, son bras à nouveau s'abat. On entend le bruit du métal qui cogne contre la pierre. Le tintement sans joie du métal qui cogne contre la pierre. Elle sent dans le corps d'Éli le contrecoup du choc, quelque chose de sismique et d'irraisonnable, et ses os qui tremblent sous l'impact.

Une goutte de sang perle sur la joue de l'enfant. Une autre de la pointe en fer tordue de la canne. Les yeux d'Éli s'éteignent, puis il s'enfuit à tire-d'aile et elle doit courir jusqu'à ce que ses poumons brûlent pour le rattraper.

19

LAURENTIN

Le capitaine n'est pas un homme qui se donne en spectacle. Le soupçon de barbe qui lui assombrit le visage, s'aventurant timidement sur ses maigres joues, la teinte grisâtre de sa peau, le léger désordre de son bureau sur lequel trois rapports ouverts se battent en duel là où tout était tiré au cordeau il y a encore quelques semaines sont peut-être de simples nuages n'annonçant qu'un peu de pluie, ou les premières variations sismiques avant l'effondrement. Si on écoutait les anciens, ce que nous ne faisons plus parce que nous nous sommes tirés le plus loin possible d'ici et que leurs paroles ne s'adressent plus qu'aux cadavres de leurs ancêtres, aux mausolées couverts de suie et de mousse et aux esprits recroquevillés dans les pierres et les arbres qui prophétisent la fin depuis des décennies, ils nous diraient qu'il a un visage d'hiver. Bêtes et amoindris comme nous sommes, nous conviendrions qu'il vient de vivre sa première saison morte ici, ses jours noirs comme la nuit, ses brouillards infinis, ses températures à fendre les pierres, ses terreurs nocturnes qui prennent les hommes les plus forts et même certaines des bêtes parmi les plus faibles. Alors que ce n'est pas que de notre climat de brutes que parlent nos anciens.

Les hommes s'ennuient. C'est souvent leur première affectation, mais même la bleusaille maîtrise en quelques semaines la simplicité des tâches qui leur sont demandées ici, oubliées par toutes les hiérarchies et ignorées par tous les gestionnaires. La présence de quelques illuminés potentiellement dangereux sur le territoire dont il a théoriquement la charge ne s'est pas traduite en moyens supplémentaires. Son corps couine et grince, les murs de son appartement sont gorgés d'humidité, l'un des chiens a la gale, le printemps arrive pour tout le monde et il sent dans ses os qu'il n'en aura pas sa part mais rien de tout ça ne retient vraiment son attention.

Ce qui retient la pleine attention du capitaine Laurentin, c'est le dossier qu'il vient de recevoir et d'imprimer. Le document dit qu'Éli Matthiessen, de nationalité franco-américaine, a trente-six ans, qu'il mesure un mètre quatre-vingt-dix-neuf, qu'il est de corpulence moyenne, cheveux et yeux noirs, qu'il porte souvent une barbe assez fournie, que ses sympathies politiques allaient jusqu'à il y a peu au Parti socialiste. Sa famille a signalé sa disparition le 23 mars dernier, mais il semble d'après le rapport de l'enquête de voisinage qu'il a quitté son appartement vers le mois de novembre précédent. Les parents vivent aux États-Unis, le père est naturaliste et la mère traductrice. Ils viennent régulièrement voir leur fille qui vit dans une institution sur la côte normande. Ils se sont étonnés lors de leurs deux derniers séjours qu'il ne réponde pas mais leur fils avait coutume de partir pour de longs voyages sans prévenir. Ce n'est que récemment qu'ils ont commencé à s'inquiéter. Son profil Facebook est inactif depuis la fin août, et aucun de ses amis n'a de nouvelles. Sur les dix dernières années, les services diplomatiques ont des traces de lui en Éthiopie, en Thaïlande, au Viêtnam et dans toute la Scandinavie. Il a traversé l'Égypte, la Jordanie et la Syrie mais il y a vingt ans de ça, dans un monde qui n'avait rien à voir. Sa fiche est mince.

Matthiessen n'a pas été en contact direct avec des fichés S, et n'est jamais allé en Turquie. Il n'est pas non plus en cheville avec des anarcho-autonomes, ne s'est jamais rendu sur une ZAD et n'a pas participé à Nuit debout. Il lui est demandé de vérifier si c'est sur le territoire dont il a la charge qu'il se terre.

L'autre fiche concerne sa compagne, Julie Carlini, qu'il n'a jamais présentée à ses parents. Laurentin reconnaît tout de suite le patronyme : c'est sa maison qui a brûlé dans les gorges de la Brume. Il sait maintenant pourquoi elle n'a pas répondu à ses appels. Elle n'a pas disparu : elle est morte dans un accident de la circulation à l'automne dernier. Elle était enseignante chercheuse à l'université de Nanterre, ses travaux de recherche portaient sur la police. Rousse, yeux verts, trente-deux ans, un mètre soixante et un, fille d'une institutrice et d'un syndicaliste. Des dizaines de publications, certaines dans des revues universitaires, d'autres dans des revues associatives très marquées à gauche.

Elle n'était pas fichée, en tout cas pas officiellement, mais sur les pages de ce dossier si complet, le capitaine reconnaît l'odeur de la machine d'État. Il sait qu'il manque des informations et que tant d'attention signifie forcément qu'il y a là des raisons obscures pour que les services se soient penchés sur ce couple.

Laurentin se demande si on peut être frustré du centimètre qui nous manque quand on atteint un mètre quatre-vingt-dix-neuf, et combien de temps il a avant que le ministère ne fasse sonner chez le préfet en pleine nuit pour qu'on remue la région à la pelleteuse, histoire de voir de quoi il retourne. Il se souvient que l'État, c'est nous.

Il repense à l'embranchement, quand on prend le chemin des crêtes qui va quasiment tout droit vers le plomb du Cantal, qui permet d'entrer dans les gorges de la Brume. Il revoit la route qui part sur la gauche, le long d'une grande maison à vendre dont on lui a dit qu'elle a été successivement la demeure d'un fugitif comptable de la mafia italienne, un centre équestre qui proposait aux rares touristes de découvrir les montagnes à dos de cheval et le quartier général d'un collectif qui pressait des jus de fruits bios et diffusait un fanzine intitulé *Tigre de papier*. Il passe souvent devant. Il y pénètre même de temps en temps, seul, souvent le dimanche. Il retourne voir la maison brûlée. Il a bien sûr remarqué, à quelques empreintes, quelques marques de terre et de boue, que quelqu'un y revient de temps en temps. Il voit bien comme là-bas l'air est moins clair, les champs moins entretenus, les chemins obstrués, les nuits plus froides. Il sent nettement sur sa peau le parfum de bout du monde de cet endroit-là, roses pourries, remugles de sous-bois putréfiés, mousses trempées. Il dit aux chiens "Retournons voir la montagne de la Dent", et ils se redressent aussitôt car ils savent reconnaître le chant caché dans sa voix.

C'est à partir de là qu'on l'aperçoit de plus en plus souvent, à flanc de coteau et dans les dévers les plus rudes, boitillant parfois, avançant sans relâche, le visage baigné de sueur, grimaçant dans l'effort, les yeux toujours grands ouverts. Les ombres et les nuées, les pistes à moitié effacées et les vieilles bornes érodées, la lumière qui perce le couvert de la forêt, il n'en perd pas une miette.

20

LOUISE

Ce n'est pas la première fois qu'elle se dit qu'Andrew est particulièrement habile de ses mains. Il est en train de remettre en état le vélo qu'elle a trouvé dans une des granges abandonnées du hameau voisin, au milieu d'un tas d'objets qui semblent avoir été empilés à la va-vite à la veille d'une invasion. Des râteaux de toutes les tailles et des pioches de toutes les époques, une faux et des faucilles, une tondeuse à laquelle il manque une roue, des tuiles et du carrelage, les lattes d'un parquet, sous une bâche plusieurs hectolitres de peinture, des caisses pleines de vieux clous rouillés, de laine de verre, et de vieux outils, un rabot qui en a vu d'autres, des tournevis au manche gravé qui ressemblent à des dagues de hussards, des chignoles et des vilebrequins, une clé à molette noire qui date d'avant le plastique et pèse étonnamment lourd, un serre-joint et des ciseaux à bois. Tout ce qu'il faudrait pour monter un échafaudage, et sans doute assez de bois pour construire un chalet. Un trésor : quelques cannes à pêche fabriquées à la va-vite, guère plus que des bouts de bois avec de la grosse ficelle, mais qui évoquent des vacances d'enfants auprès de grands-parents bienveillants. Des bidons en plastique de toutes les couleurs – de l'essence pour moteur à deux coups, de l'huile, de la cire, une petite burette rouge de

Degryp'oil, garantie sans acide, sur laquelle un homme à tête de boulon tète avidement de l'huile et professe le bonheur d'une vie mise en mouvement par les hydrocarbures. En somme, de la poussière, du métal et de la rouille, de la rouille qui gagne partout, qui avance sur le monde, contre qui personne ne se bat plus. Quand elle a refermé la lourde porte, vaguement inquiète de se faire prendre en faute par un propriétaire revenu d'entre les morts, elle s'est promis de revenir fouiller bientôt.

Le vélo est prêt. La roue avant dévoilée, les freins resserrés, la chaîne huilée et les rustines appliquées. Le vieil homme repart à ses occupations, sans un mot de trop. Éli n'est nulle part en vue.

Elle enfourche l'engin qui couine encore un peu. Il lui faut plusieurs heures pour arriver à Fond-du-Lac. La pente s'adoucit peu à peu, et elle se prend à fermer les yeux dans la descente alors que la lumière rasante lui voile ce qui se joue dans les derniers kilomètres. Là où disparaissent les arbres pour laisser la place à des entrepôts, soigneusement disposés de part et d'autre de l'accès à l'autoroute, pas loin de trois grandes surfaces dont deux ont définitivement fermé, les portes closes, les chariots abandonnés au milieu des parkings, les dernières promotions sur les pêches de Provence, les pommes de terre, le désherbant et les surgelés encore affichés sur des papiers jaunes et orange en travers des vitres. Là où les odeurs de sous-bois refluent, remplacées par un vent chargé de méthane, d'odeurs d'animaux entassés et d'un remugle impossible à identifier.

Au fond de son bureau sans fenêtre aux murs jaunis, l'infirmière a les yeux lessivés, et elle grimace devant les bleus que Louise arbore au niveau des hanches. Il faudrait voir un médecin, elle ne peut rien faire de très élaboré et ça pourrait être sérieux. Elle a besoin de phrases interminables pour le lui expliquer, des phrases si longues qu'on se demande à quel moment elle trouve le moyen de respirer. Louise essaie de se distraire en imaginant à quoi peuvent bien correspondre les bruits qui parviennent jusqu'à cet antre. Là l'essieu d'un transport de bestiaux qui passe dans la rue, les cris d'un parent épuisé ne rentrant plus dans aucune case des formulaires qu'on dispense ici, l'espace de quelques minutes le bruit étouffé d'une cour d'école débordant d'enfants énervés, des portes qui claquent sans jamais faire ciller le visage ennuyé de la femme qui s'écoute parler et se permet même des questions déplacées que Louise laisse couler sur elle comme une légère bruine malodorante.

En marchant sur la rue principale, elle dépasse l'église en toc façon médiéval. Elle revoit l'endroit où Éli a frappé l'enfant – elle l'appelle l'enfant, dans sa tête – mais de jour rien ne subsiste de ses allures de coupe-gorge. Elle croise un bazar "Tout à un euro", des stations-services et des garages de toutes les marques, des vendeurs d'outillage et de machines agricoles. Un homme, chemise mouillée par la sueur, épaules voûtées par l'habitude de la défaite, cigarette humide dans bouche brune, la regarde passer poussant son vélo devant son alignement de gigantesques tracteurs couleur vert chimique. Il la suit des yeux, et elle ne sent pas, sur ses épaules et ses fesses, la dureté de son regard.

Nous dirons, c'est qu'il n'y a plus de femmes dans ce pays. Plus de femmes arborant aussi fièrement leur jeunesse, plus de femmes faites de longues jambes fines, de peau dorée et d'atomes mystérieux. Plus de femmes ayant le loisir de se promener à vélo. Ici, les femmes sont aussi fatiguées que tout le monde. Elles sont employées dans les maisons de retraite qui se sont multipliées à mesure que nos vieux s'entassaient, refusant de crever, perdant peu à peu leurs dents et leurs souvenirs, et elles les torchent pendant que nous regardons ailleurs. Elles tentent de porter des enfants et de sortir de la dèche, ou alors elles s'enfuient, comme tout le monde, par l'autoroute, le train, la voie des airs. Certaines disparaissent même en pleine nuit. Au petit matin, c'est à peine si elles avaient existé.

Nous dirons, nous sommes devenus mauvais. C'est l'alcool. C'est le labeur qui effrite les hanches et brise les dos. C'est qu'on ne se souvient de nous que tous les cinq ans, et que le reste du temps il faut se taire, se terrer et se taire, en espérant que le vent mauvais nous laissera du répit. C'est qu'après le gel venu du nord qui engourdit tout et rend fou viennent les boues rouges et le ciel gris. C'est que plus aucun docteur n'accepte de venir jusqu'à nous, et que c'est à nous de franchir des cols et traverser des plateaux pour espérer qu'on soigne nos rages de dents et qu'on prenne des clichés clairs de nos articulations rompues. C'est l'odeur de l'essence qu'il faut brûler chaque jour pour arracher au monde de quoi survivre. C'est d'être de la montagne mais plus vraiment, forcés de quitter les contreforts pour s'agglutiner au pied de l'autoroute d'où devait nous arriver la prospérité, à quelques jets de pierre de la frontière du département et pourtant déjà à l'étranger. C'est de constater que la chimie nous a menti, qu'elle a empuanti nos sols et détruit de l'intérieur même les plus forts d'entre nous. C'est que nous n'avons pas d'intercesseurs. C'est de se prendre à guetter l'avènement de temps catastrophiques, partagés entre la peur et l'envie que tout brûle enfin. Que le ciel devienne rouge. C'est de ne plus se souvenir des danses de nos parents. C'est de savoir que nos fils et nos filles partis servir servent encore et serviront toujours demain, maintenus des deux mains dans la servilité, et que s'ils reviennent c'est uniquement parce qu'ils ont été brisés, rejetés, jugés inaptes. C'est que tout le monde a démissionné. C'est qu'on nous abandonne.

Ce que Louise ne peut pas savoir, c'est que chaque jour la gendarmerie sépare des ivrognes prêts à se faire saigner juste pour sentir quelque chose d'inhabituel. Qu'entre les ouvriers de l'usine de pneus et les employés de l'abattoir, c'est la guerre. Une guerre sans autre motif que de vieilles rancœurs qui sont le seul sel qu'on servira à nos tables. Une guerre qui se joue dans les rares bals et dans les fins de soirée, quand l'alcool nous assomme. Une guerre qui nous permet d'ignorer l'odeur de nos vies. Celle qui prend les rares visiteurs à la gorge à la sortie nord de la ville, et qui commence à indisposer la jeune fille sur son vélo, ses longues jambes qui montent et qui descendent comme des pistons dénués du moindre égard pour nous, la finesse de ses cuisses comme une insulte, son avancée rapide et aérienne une moquerie. Elle commence à sentir le caoutchouc liquide, l'odeur de pneus qui brûlent, et le sang des animaux qu'on égorge. L'air frémit près de ces puits de peine. Pour passer le temps, nous n'avons rien d'autre à faire que détruire, boire et détruire, forniquer quand on nous en donne l'occasion, ne jamais cesser de nous abrutir, torturer les rares bêtes que nous pouvons attraper.

Ils sont trois à la guetter du haut d'un quai de chargement désert où traces de suie et vieux plastiques troués se battent en duel. Attendant vainement un contremaître qui a encore dû finir la nuit en cellule de dégrisement ou qui s'est jeté dans un fossé. Ils sont jeunes, c'est-à-dire qu'ils ont raté le dernier train qui partait d'ici, qu'ils ont déjà la bouche pleine de fiel et d'amertume mais qu'ils n'ont pas encore l'échine brisée, que leur regard s'enflamme trop souvent. Ils ont bu ou pas, ce n'est même plus la question. Ils fument tout ce qu'ils trouvent, ce n'est même plus la question. Même l'héroïne est devenue abondante et bon marché ici, c'est juste qu'ils n'ont pas tous déjà envie de mourir. Ils ont baigné dans des vapeurs d'essence et dans les particules de pesticides depuis leur naissance. Ils ont mis le feu à un vieux pneu, pour passer le temps, et ils n'ont pas assez d'imagination pour danser autour de lui en psalmodiant des malédictions. L'un d'eux ne cesse de cracher et il veut lancer le pneu sur l'abattoir. Il y a un cousin, qu'il surnomme Goret. Il a aussi un jeune frère, qui depuis le dernier bal porte un bras en écharpe et un point de suture sur la joue. Lorsqu'il aperçoit Louise, il a un sourire cruel.

Louise dépasse le dernier bâtiment de la ville, l'abattoir qui de dehors ressemble à n'importe quelle usine, une installation industrielle digne de confiance, sans prétention, à l'exception du portail orné d'une tête de bœuf en relief. L'animal semble aveugle, il n'a que des ronds de métal polis à la place des yeux. C'est là qu'elle entend la voiture qui la rejoint. Le pick-up – c'est un pick-up, elle reconnaît ça au vrombissement du moteur – reste derrière elle, juste derrière elle. Sur ses jambes elle sent comme un souffle de chaleur, quand ils sortent tous les deux de la dernière courbe qui quitte Fond-du-Lac et que la route file maintenant, devant eux, aucun obstacle au dépassement jusqu'au passage à niveaux à trois bons kilomètres en ligne droite. La voiture ne la dépasse toujours pas. Elle essaie de se serrer à droite, elle veut être sûre de laisser le champ. Un instant elle s'imagine que c'est un de ces petits vieux qu'on croise sur les routes d'ici, qui n'y voient plus guère et qui ne dépassent pas souvent les trente kilomètres heure. Mais il lui suffit de jeter un regard en arrière pour comprendre qu'il n'en est rien. D'un coup d'œil, elle a noté les traces de boue et de sang sur la carrosserie, là où le dimanche précédent sans doute on a ficelé la carcasse d'une biche ou d'un sanglier. Elle a vu aussi les trois jeunes hommes en salopette, le visage à moitié caché par des casquettes salies, qui la regardent fixement, cherchant sans doute au fond de leurs gorges les insultes qu'ils voudraient pouvoir inventer pour l'occasion. Elle sera incapable de décrire leurs visages. Elle est trop sidérée par ce qu'elle voit, par ce que l'homme à la place du mort tient. Un fusil de chasse, métal terne, plaqué d'une seule main contre la portière. Sa bouche pointée droit sur elle. Le conducteur regarde fixement devant lui, un air faussement nonchalant. Il fait celui qui ne l'a même pas remarquée, qui ne sait rien de son existence. Son passager, lui, ne la lâche pas des yeux. Elle vient de dépasser un groupe d'hommes sur un parking, elle a eu le temps de distinguer la lassitude dans leurs pas, mais maintenant, à peine quelques centaines de mètres plus loin, elle est soustraite à leur vue, seule sous la menace de cette arme. Elle a beau regarder de tous côtés, elle est seule absolument.

La voiture fait une embardée, ses pneus crissent, on dirait le cri d'un prédateur amusé. Puis elle la dépasse en trombe. Et Louise n'a pas le temps de souffler, pas le temps de se rassurer car elle se rend tout de suite compte que juste avant le passage à niveaux, la voiture s'est mise en travers de la route et que les hommes en descendent à présent. Elle pleure, évidemment, elle s'en rend compte maintenant. Elle pleure de rage et de trouille.

Elle cesse de pédaler. Le vélo, machine fidèle, continue de la porter dans la légère pente, droit sur eux. Il faudrait qu'elle fasse demi-tour ou qu'elle sorte de la route et se lance à travers champs. Elle le sait. Mais il y a à cet instant précis sur les épaules de Louise un poids dont elle ne peut se débarrasser. Il y a des empilements et des strates, toute une géologie de souvenirs et de blessures, qui lui interdisent d'agir. Une collection de regards, d'insultes et de remarques. À ce moment-là, alors qu'elle entend leurs rires étranges, pas même mauvais, elle se souvient de sa petite robe bleue dans laquelle elle était si jolie, de son père dont elle aurait voulu des embrassades aussi peu précautionneuses que celles qu'il administrait à ses fils. Elle se souvient ne pas avoir senti de crainte seule la nuit, pas plus dans la grande ville que dans la forêt. Elle se souvient des fois où elle a eu physiquement le dessus, le regard des hommes qu'elle dominait de la tête et des épaules, leur air soudain de chien méchant. Elle se souvient de ses échecs, ce garçon à l'école primaire qui ne voulait pas lui lâcher le poignet, celui qui s'amusait à lui montrer qu'elle ne courrait jamais assez vite. Elle se souvient de toutes les nuances de peur qu'elle a ressenties. Et par-dessus tous ces souvenirs, en toile de fond, comme une couleur qui vient teinter l'ensemble, cet homme dans la pénombre, sa masse imposante et sûre de sa puissance, le sentiment d'être trop petite, de sentir l'espace tout autour d'elle se réduire, l'air se solidifier d'un coup, aussi infranchissable qu'un mur.

L'un des hommes s'est écarté. Il pisse sur la voie ferrée. Le fusil est bien en vue sur le siège avant, son canon pointe vers le ciel à travers la fenêtre ouverte. Elle recommence à pédaler, se glisse entre la voiture et le bas-côté. Personne ne fait un geste vers elle, personne ne fait mine de l'arrêter, personne ne la quitte du regard. Elle entend l'un d'eux qui lui lance un "Bonne journée, mademoiselle" et elle accélère. Elle accélère jusqu'à ce que ses cuisses brûlent, que sa poitrine explose, et que ses yeux piquent.

C'est un peu plus loin, là où la route se rétrécit et commence à grimper, là où la forêt reprend ses droits, que Lison et Céline dans leur vieille voiture grise la trouvent, assise au sol, le front couvert de sang, les mains écorchées, le vélo plié en deux par terre comme un origami de métal. Elles tentent de la calmer, de lui donner à boire, de la faire parler. La font monter, prennent le chemin qui s'éloigne vers la montagne et puis se taisent, interdites elles aussi. On n'entend plus dans l'habitacle que le moteur poussé à bloc et, par intermittence, ses hoquets de peur.

21

LAURENTIN

Il entend les jappements des chiens qui s'impatientent dehors, le téléphone qui sonne, la machine à café qui se met en route automatiquement et dehors, quelque part pas loin, du vieux métal qui grince dans le vent. Il finit de lacer ses chaussures sans se presser et sans même tressaillir. Il se redresse et il tape du pied droit, le côté toujours douloureux, et on ne sait pas s'il veut éprouver la piètre fiabilité de sa jambe, le confort de sa chaussure ou la solidité du sol elle-même.

Il se dépêche un peu. Au réveil, la première pensée qui lui est venue c'est qu'il fallait sortir et ne plus être là quand son enfant arrivera. La veille au soir, elle a téléphoné pour proposer de faire un crochet, depuis l'autoroute qui la mène au mariage de sa mère, pour le saluer et prendre un café. Il a répondu une affirmation dédoublée, il n'était pas sûr que le premier "oui" avait bien franchi ses lèvres. Il n'est pas allé jusqu'à dire "avec plaisir" parce qu'il n'aime toujours pas mentir, même par convention.

Il sort, ne se préoccupe pas de laisser un mot, siffle joyeusement les chiens qui accourent et sautent d'un seul élan à l'arrière de la voiture.

Quand ils en descendent, à peine une dizaine de kilomètres plus loin, Daumard, ses adjoints, tous les hommes qu'il a appelés au petit matin sont là. Ceux qui ont des chiens les ont emmenés, deux bergers allemands, un épagneul breton, un setter irlandais qui jouent autour des voitures. Certains s'étirent, tous sourient et pour une fois leur capitaine aussi, malgré le mauvais temps qui s'annonce. Il regarde vers le haut, vers les premières pentes du massif où se dessine nettement la frontière entre feuillus et résineux. Il leur rappelle qu'il doute fortement de la présence d'un rôdeur, mais qu'il veut en avoir la certitude. Si jamais il devait trouver quelqu'un, il rappelle que l'individu n'est très probablement pas vraiment dangereux et qu'il conviendra de l'appréhender calmement. Les hommes, tout heureux de ne pas passer la journée en voiture, acquiescent dans le calme. C'est Daumard qui déplie la carte et donne les consignes. Il va s'agir de battre la campagne sur une douzaine de kilomètres, en partant du hameau. On est en train de s'échanger des bouteilles d'eau, des gilets fluorescents et les photocopies de la carte, quand les chiens se mettent à aboyer.

Les chasseurs sortent du couvert, et à leur tête Ringrave, l'un des adjoints au maire, un cheminot s'il se souvient bien. Visage quelconque, face impénétrable mais souvent crispée, un type râblé et lourd qui semble tout le temps en train de se retenir. Ils sont armés, évidemment, et au moins deux, si ce n'est trois, pour chaque gendarme. Leurs chiens, trop nombreux pour être comptés, grognent en faisant des cercles. Sans même se consulter, Laurentin et Daumard, le second les bras croisés dans le dos, vont à leur rencontre.

Sa voix porte et même les hommes restés en arrière peuvent entendre Ringrave, qui veut paraître enjoué mais sonne comme un vieux moteur quinteux, proposer les services de la société de chasse pour assister la battue. La politesse lui écorche les lèvres. On croirait voir un touriste qui s'essaie, hésitant, à une langue d'autochtones dont il se méfie. D'autant plus que pour une fois le capitaine lui sourit, il jurerait presque qu'il a vu une lueur d'amusement dans les pupilles de l'homme d'ordinaire si froid.

Pourtant, quand il a fini, seul le silence lui répond. Laurentin le fixe, sans presque ciller, l'air de réfléchir posément à ce qu'on vient de lui dire, avec quelque chose sur son visage tout sec qui évoque la surprise et peut-être même le rire. Un premier nuage crève et de fines gouttes mouillent son cheveu court, les verres fins de ses lunettes, le col de sa chemise. Il referme son blouson bleu, sans lâcher le gilet fluorescent qu'il n'a pas encore enfilé, sans lâcher Ringrave des yeux et toujours sans prendre la parole. Le silence dure assez longtemps pour que le type se sente mal à l'aise. Il se met à faire passer son poids d'un pied sur l'autre, jette quelques coups d'œil aux siens massés derrière lui, il ne sait littéralement plus sur quel pied danser. Autour de lui, le doute se faufile, rebondissant de fougère en fougère, gagnant peu à peu tous les hommes qui réalisent qu'il y a bien d'autres choses à faire de cette journée qu'aller crapahuter dans la boue.

Le vent forcit, mais pas assez pour atténuer la portée de la voix de Laurentin, claire comme un appel de clairon, une voix de charges montées et de cavalerie qui arrive à temps.

"Alors..."

Ringrave se jette sur ce "alors". Il n'entend pas le danger dans le temps suspendu qui le suit, il est trop heureux qu'on lui réponde enfin. Il a tant l'habitude de crier, et il est tellement méfiant d'ordinaire. Mais là il ne discerne pas le piège, il pense qu'on l'accepte dans la ronde sans, pour cette fois, qu'il ait besoin d'enfoncer les portes. Peut-être qu'il se dit qu'il n'aura pas ici besoin de ses manières de sauvage si finalement on lui donne la parole. Et puis Laurentin a l'air presque bienveillant, maintenant, la figure à peine dissimulée par la capuche qu'il relève d'un geste fluide. C'est un père qui parle, pourrait-on croire.

"On ne va pas faire comme ça, monsieur Ringrave. Vous n'avez été convoqués par aucune autorité compétente, vous avez décidé de votre propre chef de vous armer et, si j'ose m'exprimer ainsi, vous puez de la volonté d'en découdre, de faire un carton sur le premier malheureux dont la face ne vous reviendra pas."

Ringrave fait un pas en arrière, bafouille une protestation mais Laurentin ne le regarde même plus. Il s'est déjà détourné et marche vers la forêt, ses hommes le suivant d'un même pas. On dirait ces étourneaux qui savent d'instinct virer tous exactement ensemble, on dirait une chorégraphie qui peut se savoir mais pas s'apprendre. Et les chasseurs restent là, à les regarder, et pas un des gendarmes ne leur rend leur regard.

Ils attendent que Ringrave leur fasse un signe, leur dise quelque chose, mais l'homme leur tourne le dos. Il s'appuie maintenant sur son fusil et il ne bouge plus. Ils attendent, la pluie redouble, et il ne bouge toujours pas. Certains commencent à partir en maugréant, on entend plus le bruit de succion de leurs bottes dans la boue que les insultes qu'ils crachent tout bas. Les gendarmes ont depuis longtemps tous disparu sous les frondaisons. Un type fait un pas en avant vers lui, mais un autre, celui qui porte une tenue de camouflage toute neuve, le dissuade du regard d'aller plus loin. Ils savent tous ici ce qu'est la colère qui l'habite, ils en ont eu leur part, dès le lait maternel et les premiers pas dans la boue. La pluie se fait rideau, la gadoue exhale ses odeurs de merde, et certains trouvent le moyen de rire des gendarmes qui doivent bien s'amuser à crapahuter là-dedans en essayant d'apercevoir autre chose que leurs pieds.

Ringrave n'a pas bougé, il leur tourne toujours le dos et il regarde vers les voitures de gendarmerie garées sur la route au bout du champ. Le fusil sur lequel il s'appuie se brise net, en deux.

22

ÉLI

Il lui faut y aller en fin de journée, pour profiter de l'ombre qui s'installe et jouir du peu de lumière qui subsiste. Monter jusqu'au col, redescendre, et tout de suite quitter la route, passer par les futaies puis le cœur de la forêt, là où aucun sentier n'a jamais été tracé, contourner les prés et rester bien au large des fermes. Une fois là-bas, il reste un long moment accroupi de l'autre côté de la rivière, il attend d'être sûr que personne n'est là. Ni voisins, ni curieux, ni gendarme, ni chasseur. Il a tout le temps de chercher un sens aux immenses traces de suie qui couvrent la façade du corps de ferme depuis l'incendie. On dirait les idéogrammes d'une race déchue, tracés dans la panique par son dernier enfant. Et puis il n'a plus qu'à bondir par-dessus l'étroit cours d'eau, en prenant appui sur un énorme rocher gris qui pourrait presque passer pour une tête de lion. Il atterrit dans la terre gorgée d'eau et il remonte en escaladant le muret de brique rouge des anciennes toilettes extérieures. De là, il n'a que cent cinquante mètres à découvert à parcourir courbé, presque à genoux, avant de plonger dans la vieille maison dont la porte, de guingois, laisse désormais passer toutes les humeurs de la forêt et des vents, les petites bêtes qui ont percé les secrets du garde-manger, l'humidité qui corrode les métaux, les araignées qui s'affairent dans l'encadrement des fenêtres, les tissus qui ont plus souffert en quelques semaines qu'au cours des cent précédentes années, la cuisine tout entière noircie par les flammes.

Il gravit précautionneusement l'escalier, dont les craquements jouent des coups pendables au silence, gagne la mezzanine, risque un coup d'œil par le fenestron qui donne sur la route mais rien ne vient plus de ce côté. Il trouve tout de suite le paquetage, à sa place, soigneusement emballé dans une couverture de laine. L'arc a été démonté pour que la tension ne l'abîme pas. Les branches sont en carbone, recouvert de bois. Il s'en est peu servi au fil des ans. Il le remonte rapidement dans le noir, presque sans hésiter, et passe la corde dans la poupée. Au moment de le bander, c'est toute une série de muscles dans les épaules et le dos, le long de la colonne, qui semblent se souvenir de manœuvres ancestrales, de gestes répétés des centaines de fois.

Des années auparavant, avant même Siskiyou, il avait fait la connaissance d'un archer sur un banc public. Un homme petit et presque chauve aux cheveux trop longs. C'est lui qui lui a appris à tirer, dans un gymnase municipal au milieu des barres HLM du Nord de Paris. Il enseignait aux autres mais refusait de tirer lui-même. Il était, disait-il, devenu trop conscient de défauts qui l'empêchaient de progresser et qu'il ne parvenait plus à gommer, des détails insoupçonnables dans la façon de tenir sa main, de positionner ses doigts, de respirer, de placer sa tête. Son regard se perdait un peu quand il racontait ça. Il disait, toujours aussi calmement, que ça l'avait rendu à peu près fou. Il n'avait pas l'air triste. Il avait montré à Éli comment placer sa main, contre la joue, le nez posé sur la corde. Comment relever le menton, fièrement mais pas trop. Les flèches volaient vers des cibles à cinq mètres, puis dix mètres, puis trente. Le moindre ajustement dans la position du coude, de la main, de l'épaule, produisait des effets spectaculaires. Il lui avait dit de ne pas viser, de respirer et de laisser le tir passer à travers lui, et Éli avait peu à peu trouvé là une forme de calme, très transitoire, mais qui lui permettait à mi-chemin de la semaine de reprendre son souffle. Éli se souvient qu'il dormait peu, en ce temps-là.

Avant de repartir, il lâche une flèche sur un vieil arbre noueux. Le tube de carbone vole sans bruit et l'impact est aussi sonore que dans son souvenir, un véritable claquement qui tente d'imiter le tonnerre. Il démonte l'arc et repart dans la forêt, enfin armé. Depuis le retour de Louise, échevelée, trempée de sueur et la peau encore parcourue par des frissons de peur, il n'a cessé de penser à l'arc, à la nécessité de s'armer, d'être prêt à rendre les coups. Elle est revenue dans une voiture grise inconnue, qui cahotait comme un vieux blindé et qui s'annonçait dans des hoquets de rescapé. Deux femmes étaient sorties de l'habitacle comme à regret, avec précaution, l'air abasourdi. Andrew les avait remerciées, elles avaient dit qu'elles repasseraient. Les jours suivants, Louise est restée silencieuse. Elle a tout fait comme avant, les chevaux, les écuries, l'appétit intact de son corps consumé par ces lourds travaux, mais sans dire un mot, ignorant les petites attentions d'Andrew et de Fiona. Pas de larmes, pas d'insomnie, pas de cris. Depuis, Éli entend dans ses tempes les tambours qui appellent à la guerre.

Lorsque sa parole revient, c'est pour l'inviter à marcher. Elle lui mène grand train, ce jour-là, et le conduit par des pentes rudes jusqu'à l'embranchement de plusieurs sentes accidentées dans la montagne. Ce qu'elle lui montre là, c'est l'ouverture qui a été pratiquée, à la va-vite, à l'angle de deux vieux murets couverts de mousse. Un travail deux fois centenaire écroulé en quelques minutes. De l'autre côté, il y a le début d'une haute pâture qui serait immaculée si elle n'était pas striée de marques parallèles de pneus. On vient faire du quad là, dit-elle, et elle repère dans un coin, contre les vieilles pierres du petit mur, des éclats de bouteille de verre et des emballages plastique.

Elle s'absente de plus en plus longtemps, jusqu'à passer des nuits dehors. Ils la voient partir après avoir rentré les animaux, avec un gros duvet alors que le soleil plonge et que la terre devient encore plus noire et grasse qu'elle ne l'est de jour. Elle a trouvé des jumelles, elle reprend le vélo de temps en temps, mais pas pour aller en ville.

Elle l'emmène parfois, et parfois pas. Elle prend des mesures, elle cartographie, elle acquiert une connaissance du terrain de première main. Elle arpente. Bientôt les voilà tapis dans le sous-bois à observer les chasseurs mettre de la glu sur les branches d'arbre. Elle servira à coller les pattes des oiseaux qui se poseront là. Ils en voient certains détruire des abris pour rapaces. Dans une casse pour voitures, de jeunes hommes s'allongent sur des banquettes défoncées en plein soleil pour fumer ou se piquer. Ils entendent le rugissement des quads et des motos qui coupent à travers les champs. Ils voient un fermier charger doucement un veau récalcitrant dans le coffre de sa voiture pour rattraper le troupeau qui déjà file sur la route, un autre qui cogne ses bêtes avec une barre à mine qu'il a toujours sur lui. Ils croisent de superbes vaches de Salers, leurs robes rousses, leur air impavide, lâchées librement. Pendant tout ce temps, son regard est devenu froid mais il est parfois traversé par des éclats de plaisir. Elle semble compter, trier et faire des listes.

Ils commencent par couper les branches engluées et désamorcer les pièges. C'est là que son rire revient, lorsqu'elle imagine la tête de leurs victimes. Puis, elle a lu quelque part que les gardes-chasses accrochent les squelettes des animaux aux poteaux électriques lorsqu'ils ont repéré du braconnage, en guise d'avertissement. Dès lors, les routes se tressent de petits assemblages d'os, comme des guirlandes, ici une tête de biche, là des bois de cerf, plus loin l'arrière-train d'un chevreuil. Bientôt ils s'introduisent dans de vieilles granges dont plus personne ne se sert. Elle en ouvre grand les portes, quand ils peuvent ils les arrachent, les jettent à terre. S'ils le voulaient ils les brûleraient. Si le toit a commencé à s'effondrer alors ils l'aident un peu. Et s'ils savaient la langue des bois ils inviteraient les buses et les renards à venir crécher là. Ils nettoient aussi, ramassent les bidons à moitié vides, les bâches en plastique, les vieux sacs-poubelles. Plus ça va, et plus elle rit. Plus ça va, et plus ils reviennent de ces expéditions nocturnes crottés, de la boue sur les joues, des toiles d'araignées et de la paille dans les cheveux, et un jour Andrew leur dit qu'ils commencent à ressembler à des sauvageons.

Le matin, avant même de manger, Éli s'entraîne à l'arc. Le vieil homme finit par le rejoindre. Il lui donne des conseils, de sa voix claire qui n'a jamais perdu son accent d'outre-Atlantique. Le plus souvent, il ne dit rien mais lui remonte le coude ou le menton de sa grosse main calleuse. Le plus souvent, le silence des premières heures n'est troublé que par son souffle. Andrew parfois déplie un couteau papillon et joue avec, la lame et le manche tournoient autour de ses doigts.

Ils imaginent la colère grandir dans la vallée, ils s'attendent chaque matin à voir débarquer un contingent d'hommes armés et en colère à l'entrée de la ferme de Cézerat, le mors aux dents. Une troupe, une battue, une horde qui surgirait de juste derrière la courbure de la colline. Mais rien ne vient. Alors ils s'enhardissent. Et la hardiesse leur vient très naturellement. Elle leur va comme de vieux gants troués. Ils réparent les clôtures cisaillées par les pilotes de quad, placent des obstacles sur leur route, de grosses branches en travers des chemins, des troncs même lorsqu'ils parviennent à les faire glisser dans la pente, des pierres qu'ils vont ramasser dans la rivière.

Un soir alors qu'Éli tripote au coin du feu des brindilles autour desquelles il a enroulé des fils de laine rouge, elle s'en empare et les fait tenir sur le sol. On dirait de petits autels. Certains ont l'air de répliques de tipis, d'autres de constructions hasardeuses d'enfants des bois. Ils en parsèmeront leurs marches. Le lendemain, elle récupère dans le hangar désaffecté des voisins des pots de peinture rouge, et elle dit en souriant, on dirait qu'elle va danser et que dans sa danse le pays tout entier peut brûler, elle dit en souriant, "Je crois que j'ai une idée".

23

JEAN

Tout le monde enrage et, s'il était encore des leurs, Jean enragerait sans doute avec eux, et même plus qu'eux car lui fréquente la rage depuis plus longtemps, il est né avec elle, il s'est baigné dans son cours si jeune qu'elle se loge maintenant partout dans son corps, dans l'air qui est au fond de ses bronches, dans la lymphe qui remonte vers son cœur et dans le sang qui bat dans ses artères. S'il était avec eux, il ferait brûler leur hargne si fort qu'ils finiraient par en avoir peur, car c'est là que lui sent qu'il doit être, au cœur du brasier, là où les coups pleuvent et là où on peut riposter. En marquant son territoire, comme un animal sauvage.

Les inscriptions pullulent. Sur le pont à moitié effondré qui dessert la mine d'antimoine désaffectée, sur le moulin de Faugières, sur les étables abandonnées, sur les voitures des chasseurs, sur les tracteurs et les moissonneuses. Le plus souvent, c'est juste un large triangle rouge. Parfois un carré. Et sur la route, pas loin de l'entrée de la ville, les lettres ACAB étalées sur toute la largeur de la chaussée. Personne ici ne sait ce que ça veut dire. On trouve aussi des grosses pierres entièrement peintes, en rouge toujours, et posées au milieu d'une route, d'un sentier, d'un pont. On dirait des pièges, ou des avertissements venus d'un autre temps.

Ça les rend fous. Ça fait rire Patrick, de voir tous ces hommes que la colère excite tourner en rond. Et si ça fait rire Patrick, ça fait rire Jean, même s'il se doute qu'on ne va pas tarder à venir leur chercher des noises. Il entend bien, quand ils se rendent en ville, les murmures et il voit leurs regards qui semblent soupeser le plomb qu'il y a dans leur tête, guetter les traces de peinture sur leurs vêtements, traquer la moindre odeur suspecte. Il les voit se demander si les frères Couble sont assez dérangés pour faire un truc aussi décadent. Il va à la réunion organisée à la salle des fêtes, à moitié pour les provoquer, à moitié pour tromper l'ennui. À l'entrée, un des gros bras de l'usine le jauge de la tête aux pieds. Il a les cheveux ras, un cou de taureau, la bouche entrouverte sur un cure-dent fiché entre ses dents. Il doit penser que ça lui donne l'air dangereux. Jean Couble passe sans s'arrêter.

Le paternel est là. Il fait mine de ne pas voir son fils. "Il faut qu'on en cause", disent-ils tous, mais en fait ils vocifèrent, s'écoutent à peine, et le bruit ne cesse de rebondir d'un mur à l'autre. Jean s'assoit au fond. Le petit Dupuis, avec sa bouche torve, ses dents de traviole, son air de brute, arrive avec un gros caillou rouge qu'il laisse choir sur une table. Ça résonne si fort que ça les fait presque taire. Les gens crient au vandalisme. C'est une honte. On l'avait bien dit, qu'il y avait une saloperie de rôdeur. Dupuis agite le bras qu'il a bandé depuis la baston de l'autre jour à la sortie de l'usine. Bonnafoux parle comme on crache. Bafoil s'est vu repeindre le pare-brise de son pick-up en rouge, il ne cesse de hurler contre les connards de l'assurance. Il y a le vieux Malassagne, c'était le vétérinaire quand Jean était petit, qui voudrait qu'on en parle aux gendarmes mais les autres sont à deux doigts de le forcer à se rasseoir tellement il les énerve, avec sa voix devenue chevrotante qui bute sur les mots. Jean se souvient bien, lui, du temps où il chantait comme un stentor et où on l'entendait arriver de loin, quand une bête souffrait ou qu'elle allait mettre bas. Il marche avec deux cannes maintenant, et il a la chance de ne pas avoir de gamins. Personne ne lui a imposé d'aller finir sa vie dans un mouroir. Maintenant des gars comme Dupuis ou Bonnafoux, des gars qui n'ont jamais servi à rien, soupirent ou se raclent la gorge dès qu'il essaie de parler.

Jean se demande si ailleurs il est plus facile d'échapper au passé. Ses souvenirs à lui ne sont pas des images datées, des vieux films abîmés dont il manquerait des passages. Tous les protagonistes sont encore là, sauf ceux qui sont morts depuis. Chacun traverse les rues escorté des actes qui lui sont imputés. Celui qui avait volé la pharmacie, celui qui avait mis dans le mur un tracteur neuf, ceux qui avaient crevé les yeux d'un cheval, celui qui était revenu d'une virée en ville avec une blennorragie. De Ringrave il se rappelle tout. La première gifle, assénée par surprise au premier jour du collège, pour faire rire une petite cour de suiveurs aussi ennuyeux les uns que les autres. Le plaisir manifeste qu'il avait d'avoir trouvé quelqu'un qui osait rendre les coups. Les jeux, le football comme le rugby, qui dégénéraient comme par hasard dès qu'ils étaient tous les deux opposés. Les pneus de vélo crevés, ou les serrures d'antivol recouvertes de chewing-gum encore luisant de salive. Les crachats sur les chaussures, qui pouvaient toujours passer pour un accident. Et les mots. Ringrave avait un truc avec les mots que Jean n'avait pas. Il avait fallu apprendre à ne pas entendre, à ne pas se laisser piquer au vif, à maîtriser les bouffées de colère, à ne surtout pas porter le premier coup. Même quand c'est à Patrick qu'il s'en prenait. Jean avait toujours pensé qu'au fond ce n'était pas sa faute, à Ringrave, qu'ici tout le monde poussait de travers, comme les arbres fruitiers qui se contorsionnent pour aller attraper plus de lumière. Il se disait que chez Ringrave ce devait être comme chez lui.

Et puis il y avait eu la petite Émilie, une jeune blonde, pas bien grande, des seins comme des poires, un regard troublé et par conséquent troublant, un petit air de ne jamais y être complètement, donnant sa bouche, puis bientôt son corps mais toujours avec le sentiment qu'elle s'enfuyait dans le même temps. Pour elle, les deux garçons s'étaient déchirés toute une année durant. Des coups de boule, des pouces enfoncés dans les yeux, des coups de chaîne de vélo dans les jambes, des hématomes, des cicatrices, une épaule démise, un bras cassé. Les deux paternels avaient dû s'en mêler, à contrecœur. Chacun s'était évidemment retourné contre son propre fils. Le père Couble avait menacé Jean, il lui avait jeté ses livres de classe au visage, il avait brandi un large couteau de cuisine, mais déjà à l'époque ses deux enfants le regardaient avec ennui et commisération, ils entendaient bien le vide qui soufflait en lui. Ça s'était arrêté quand Patrick, après des années de placidité, avait maintenu la tête de Ringrave sur les rails du passage à niveau alors qu'on entendait le train siffler au loin, jusqu'à ce qu'il pleure, jusqu'à ce qu'il supplie. C'est Ringrave qu'Émilie a épousé, et puis, sans doute fatiguée des coups et des vacheries, elle s'est volatilisée il y a bien dix ans, avant qu'il ait le temps de la mettre enceinte et de l'enchaîner ici.

Dupuis revient à la charge, il veut pas moins qu'une milice, ce con. Il veut des patrouilles. Il dit qu'il ne sort plus sans son fusil. Dupuis, qui leur vendait des machines qui tombaient tout le temps en panne, des pièces qui mettaient des semaines à arriver mais que les autres obtenaient en trois jours, des bidons qui avaient déjà été entamés. Au bout d'une énième courroie prétendument neuve qu'il avait fallu changer, Patrick était allé se servir sur un John Deere flambant neuf. Quand Dupuis s'était pointé en hurlant au vol, il avait récolté une belle torgnole qui l'avait fait tourner sur lui-même. Le vendeur ne les a jamais portés dans son cœur, c'est certain, et il a la rancune tenace. Comme en plus il est aussi vindicatif que couard, Jean s'en méfie comme de la peste.

C'est trop personnel pour eux. C'est leurs bois, leurs montagnes, leurs champs. C'est tout ce qu'on leur a laissé. C'est trop inespéré, cette occasion de se venger. On se demande si c'est des gars du coin, et personne n'ose regarder Jean en face, alors il décide de sourire de toutes ses dents. On se demande si c'est des étrangers, et les Polonais de l'abattoir prennent l'air offusqué. L'un d'eux fait craquer les os de ses poings. On note les noms des absents, certains des fermiers qui ne se sont pas déplacés. Ringrave, le cheminot qui croyait s'être sorti de la bouse et du fumier, décide qu'on ira leur parler.

"Et toi, Couble, t'en penses quoi ?" lance quelqu'un du fond de la salle mais ce n'est pas à lui qu'on cause, c'est à l'aïeul aux yeux laiteux, la vieille chose pourrie et à moitié édentée qui passait déjà ses journées à cogner bien avant que ne vienne le temps de la violence. Le prophète de malheur se lève dans un relatif silence, car tous ici lui reconnaissent le mérite de s'être vautré dans la haine bien avant que cela ne soit nécessaire. Il est presque inquiétant, avec sa prunelle bleue glaciale et ses mains tordues par l'arthrite, ses rides qui lui ravinent la face, qui lui creusent le visage comme on éventre une colline.

Jean se lève pour gagner la sortie. Il l'a déjà vu défait, ce visage de malheur. Il en a percé le sortilège. Il n'a pas besoin de plus. Il a juste le temps de l'entendre dire, de sa voix sifflante sortie à reculons de ses mâchoires serrées, que les vermines ça se crève. Il est temps de rentrer mais il aperçoit, au moment de monter en voiture, la femme en noir qui entre chez Serre, l'épicier.

Il voit son profil disparaître derrière la porte vitrée. Il devine le parfum de ses cheveux, la fermeté de son corps sous la parka, sa voix qu'il imagine aérienne et souple, la dureté de son regard qui doit bien s'attendrir parfois. Il reste planté là, l'éclairage public s'allume enfin mais lui ne bouge pas de son recoin sombre, son corps tendu et bloqué, ses larges épaules accablées par toute une vie passée à ne ralentir pour rien ni personne, à ne rien donner pour ne rien avoir à quémander, à se demander comment on sort de ça.

24

LISON

Face aux enfants, Lison la veuve sent poindre, par fulgurance, de douces explosions inattendues. Cet émerveillement a quelque chose de primal, quand bien même les exploits qu'elle salue peuvent sembler risibles. Des choses pas aussi signifiantes que des premiers pas, mais de sacrés bonds en avant tout de même. Des additions fièrement énoncées, "car tu vois si j'ajoute deux fleurs dans le pot ça en fera cinq", les doigts de la main droite brandis devant le visage. Et puis "Maman et Marteau, ça commence par les mêmes lettres". Des déductions incontestables, des sauts parfaitement exécutés, des phrases lancées avec adresse et les regards qui vont avec. Toute une architecture qui se met peu à peu en place, le sentiment de sa propre importance qui s'érige en faisant feu de tout bois, des braises qu'elle entretient avec ardeur.

Elle voit leur père dans leurs visages, dans leurs démarches, dans la façon qu'ils ont de sourire toujours un peu en retard, et cela la blesse et la réconforte en même temps. Elle se dit qu'ils seront peut-être solides comme lui, arrimés à quelque chose de plus grand qu'eux, de plus vaste que leurs corps. Elle sait les visages des hommes que la folie prend avec enthousiasme, tout sauf accidentelle, leurs visages quand ils se battent. Elle se dit que les garçons peuvent devenir des hommes comme ça. Elle se souvient des yeux affolés de la jeune fille qu'elles ont trouvée sur la route. Cette petite Louise n'a pas dit grand-chose mais elle lui a rappelé la femme qu'elle avait été, ici, dans ces mêmes bois, au même âge, loin des siens, touchant le sol en quête d'un signe tellurique, d'un oracle venu de la terre. Elle avait, dans son allure, ce quelque chose qui dit les corps aux prises avec les bêtes et avec le dur labeur manuel : des épaules soudainement élargies et la poitrine comme offerte aux vents, le dos creusé, les mains rougies, le pas assuré et économe, lent et fiable, de ceux qui ont des arpents interminables à parcourir. Une posture de combat.

Elle est sortie de la voiture sans trembler, petite Louise. Elle a marché vers la ferme, écartant d'un vif geste des mains les deux hommes soucieux qui avaient laissé à terre leurs outils pour venir vers elle, le vieil homme et le merlin qu'il avait soigneusement posé tête contre le sol et le grand maigrelet qui avait jeté sa bêche derrière lui. Elle avait la tête baissée sous le soleil de printemps qui fondait sur les lauzes, fendant l'air à la vitesse d'une pierre maladroitement lancée, et son visage fermé disait qu'elle allait découdre le monde pour y trouver, seule, sa propre trajectoire.

Elle lui a donné envie de reprendre son métier là où elle l'avait laissé. Retourner au cabinet et reprendre ses visites, remettre les mains sur les corps des gens courbés en deux qui parcourent ce pays. Dénouer des muscles, au doigt aller chercher bien au fond les fibres contractées et les séparer, leur redonner de l'élasticité, faire mal pour faire bien, faire pleurer pour épargner, aider à marcher, forcer à se lever, forcer à tirer, à plier, à tendre. De tous ces membres fatigués ou brisés refaire quelque chose de fidèle, d'obéissant. Il est temps, de toute façon. Il faut régler les factures qui s'accumulent sur la desserte en bois dans l'entrée, il faut répondre aux assurances, à la banque, aux voisins, décider de ce qu'on fera des terres.

L'autre soir, elle a regardé le train passer devant elle, au passage à niveau, et elle s'est imaginée à bord, les deux garçons tout contre elle, le petit penché en avant, le grand les deux bras autour de sa cuisse, quelques petites valises à leurs pieds et personne sur le quai pour les saluer, pour leur souhaiter bon voyage, les enfants agitant les mains mais uniquement à destination des bois, des grands merisiers et des rochers antédiluviens, de la rivière et du vent. Elle s'est imaginé ses enfants s'endormant contre les vitres la nuit et se réveillant au milieu de la garrigue baignée de soleil, ou encore à l'orée de métropoles accueillantes et immaculées. Elle s'est dit tout au bout de la voie ferrée il y aura bien un avion qui nous emmènera sur une île lointaine, au-dessus des volcans ou au cœur de la jungle, qui nous emmènera voir des vagues et des couchers de soleil ressemblant à autre chose que des petites morts, qui nous emmènera voir des crabes, des requins, des baleines, des espadons. Des baobabs, des mangroves, des falaises et des oiseaux de toutes les couleurs. Elle s'est dit qu'elle pourrait remonter la trace de sa couleur de peau, la couleur métissée qu'on voit encore par soupçons sur les joues de Gabriel plus que sur celles d'Édouard.

La voilà donc, Lison troisième du nom, encore tout endeuillée et encore toute sombre, mais le regard affermi, le sac à dos soigneusement rangé et organisé, les papiers classés dans des pochettes de couleur, chaque chose à sa place, jusqu'aux légers traits qu'elle a dessinés autour de ses yeux. Elle est flanquée de la silencieuse Céline quand elle entre chez le notaire, et elle est toujours à son flanc, à sa dextre, à deux on dirait une escouade, quand elle ressort de la banque. Elles portent des motifs à fleur, l'une dans les verts et l'autre plutôt bleus, elles portent des chaussures plates mais elles ont taille haute, démarche balancée, cheveux relevés. Les yeux de l'une sont amusés, le regard de l'autre est froid et pierreux. Il y a en elles quelque chose qui dit le doute de voir un jour un homme s'élever suffisamment haut pour qu'elles le voient, qu'elles acceptent de le regarder. Elles ont l'air de ne pouvoir être prises que par des hommes bien plus virils que nous, de ceux qui reviennent du désert avec des chevaux domptés et des prophéties lumineuses. De ceux qui taillent à la machette dans le fatras du monde, pas de ceux qui s'accrochent génération après génération, sans imagination, au flanc de montagnes inhospitalières. Elles ont l'air de pouvoir résister aux chutes et à la mort, d'être les amies de tous les vents. Elles nous donnent envie de les battre, de leur arracher si ce n'est un sourire alors un cri.

Elles nous font peur, en vérité. Mais il en est parmi nous qui sont trop anesthésiés, ou pas assez sensés, pour sentir cette peur. Lorsqu'elles entrent chez Serre, ils sont trois dans les rayons, occupés à essayer de faucher des conserves et des briquets au vieil épicier à moitié sourd et maintenant presque aveugle, trois de cette portée de jeunes mâles déjà revenus de tout, implacables dans leurs petites envies, incapables de suivre la moindre vigie, et cruels comme tout ce que nous enfantons désormais. Ils ont du duvet sur les joues mais plus rien de doux, de la sève qui déborde sans fin en clapotant, des humeurs de charognard et des vapeurs chimiques sur la peau, une démarche exagérément traînante et le phrasé menaçant qu'ils croient être celui des truands. Leur ivresse sans joie est celle des soudards. Ils titubent jusqu'à elles. L'un va vers la porte, l'autre tente de plaquer la brune contre le bac à surgelés sur lequel elle est penchée. Et le dernier sort un briquet avec lequel il tente d'enflammer les cheveux de la métisse. Elles se retournent toutes deux juste à temps, averties par quoi si ce n'est l'instinct, si ce n'est les relents qu'ils ne peuvent se retenir de répandre. Lors elles griffent les bouches qui se tendent vers elles, repoussent des mains, tordent des poignets, mordent des doigts. Le bruit explose jusque dans les rues désertes de la fin du jour : on entend les présentoirs se renverser, un homme qui hurle, "La pute, elle m'a mordue", les gémissements de l'épicier qui bat en retraite vers son arrière-boutique, le souffle court, mais par-dessus tout on entend la fureur de ces femmes en guerre qui incantent des malédictions en tapant du pied.

Lison est comme sortie de son corps, elle voit d'en haut Céline, pas possédée mais farouche, qui provoque les trois hommes, qui leur lance des insultes d'une voix de plus en plus grave, son visage qui reste froid, ses joues qui ne rougissent pas alors que son souffle s'accélère et qu'elle commence à leur jeter tout ce qu'elle trouve. Des conserves, des tomates qui s'écrasent sur leurs visages, des bouteilles. Alors Lison jubile de cette colère qui sort enfin, de cette force qui l'accompagne, des coups qu'elle a envie de faire pleuvoir, de la puissance qu'elle sent en elle, et c'est là qu'elle prend une gifle colossale en pleine face, un coup vicelard qui la fait chanceler, elle entend distinctement sa mâchoire craquer, elle sent son poids changer, le monde qui lui rappelle sa légèreté, la faiblesse de ses moyens, son manque de gravité. Elle sent ses pieds glisser, elle sent qu'elle va tomber et il lui faut toute l'adresse de sa vie passée à patauger, de sa vie passée à encaisser, pour ne pas fondre en larmes là tout de suite. Céline est elle aussi cueillie par une gauche en plein ventre. Les trois hommes recoiffent leurs casquettes, remettent leurs grosses chemises d'aplomb, s'essuient les mains, la bouche, prêts à reprendre leur marche en avant sur l'ennemi, enfin satisfaits de sentir la peur venir en elles. L'un d'eux sort un cran d'arrêt.

Le plus petit crache et ne cesse de se toucher le bout du nez en reniflant. Il dit – on pourrait croire qu'il est calme si ses mâchoires et ses poings n'étaient pas si serrés – il dit, "Une correction, voilà ce que..." et à ce moment-là, la porte s'ouvre avec fracas, deux énormes bras l'agrippent par les épaules et le projettent dehors, la tête la première sur le bitume. L'homme, il est immense, l'attrape ensuite par les cheveux et le traîne sur trois mètres avant de le jeter à bas du trottoir. Lorsqu'il se retourne, il a du sang et des cheveux collés sur les mains. Les deux autres ont à peine le temps de se retourner qu'ils prennent des baffes, des coups de genou, un coude s'abat sur une nuque, un os craque méchamment et Céline toujours froide et de plus en plus silencieuse, à peine un cri quand elle expire, double ça de plusieurs coups de pied dans le ventre, de toutes ses forces.

Lison reconnaît tout de suite cette montagne d'homme qui fait mine de poursuivre ses assaillants, toujours sans un mot, quand ils finissent par déguerpir. C'est le cousin Couble, le fils aîné, celui dont on lui a toujours dit qu'il aimait le goût du sang. Il redresse le présentoir à journaux, ramasse des boîtes tombées au sol, en appelant, "Oh Serre, viens ici toi !" Puis il se tourne vers elles et finit par leur demander, sans les regarder tout à fait franchement, si tout va bien.

"Je crois, oui, dit Céline. Ça va Lison ?"

Et dans un souffle elle acquiesce, revenue d'un coup à un état de calme vigilance, comme en présence d'une bête, parce que d'aussi loin qu'elle se souvienne on lui a toujours parlé de cette famille-là comme d'une famille de bêtes, des animaux, des gens livrés à leurs instincts carnassiers.

L'épicier sort de sa réserve, et Jean Couble pose ses yeux sur lui, et ceux qui le connaissent bien pourraient y voir quelque chose d'inhabituel, une forme de sollicitude mêlée à de la gêne. Il rabat sa casquette sur ses yeux et lui dit, "Serre, faut que t'appelles les gendarmes, hein, fais pas le con cette fois." Et le vieil homme dit "Bien sûr, bien sûr", il se laisse glisser sur une vieille chaise, "Il faudrait, c'est sûr". Et il porte l'ongle de son pouce à sa bouche, ne dit plus un mot, puis alors que Jean tient la porte aux deux femmes, il s'adresse à personne en particulier, peut-être à son inattendu protecteur, peut-être aux murs, peut-être à l'esprit des lieux et il dit, "Le fils Dupuis, tu parles d'un paquet d'emmerdes". Et il retourne au silence, au silence et à la solitude, à sa cataracte qu'il faudrait opérer, à sa vue qui n'en finit plus de baisser, à sa petite boutique où plus grand monde ne vient, et aux souvenirs qu'il a de tous ces hommes tordus qui furent autrefois des garçons joueurs.

Jean raccompagne les femmes à leur voiture. Les rues sont désertes. On dîne à Fond-du-Lac, c'est l'heure où les chiens et les haines se rentrent péniblement au foyer. Il regarde dans les coins sombres, il écoute, on dirait qu'il chasse mais rien ne se profile d'autre qu'un léger vent d'est, une promesse de froid. Il attend qu'elles soient bien installées, et sans quitter des yeux les ombres de la rue, il leur dit en tapotant le capot comme on flatte une bête fidèle, "Allez faut pas trop traîner ici ce soir", et ça sonne comme un augure. Lison met le contact, et l'instant d'après il n'y a plus que ce colosse, seul dans la rue, attentif comme un prédateur, sa main droite au fond de sa poche qui joue avec un canif et sur ses lèvres une ébauche de sourire.

25

LAURENTIN

Le capitaine Laurentin s'accroupit péniblement devant son véhicule, puis se relève pour faire plusieurs fois le tour de l'inscription. Il prend de grands pas, pour en évaluer la taille, et de loin on pourrait se dire qu'il joue à la marelle. Autour de lui, la brume se lève, les gorges s'éclairent peu à peu. Il coupe le contact et on entend alors le murmure de la rivière, un cri, peut-être un faisan comme celui qu'il a vu sur le bas-côté quelques heures plus tôt, alors qu'il roulait au pas, sans feu dans le petit matin, patrouilleur silencieux. Il commence à savoir reconnaître les oiseaux d'ici. Ça a commencé par les milans, puis les faucons pèlerins, les busards, les geais et les corbeaux, le merle à plastron, le pic noir et l'engoulevent, les hérons qui font halte dans les tourbières, le petit rouge-gorge et certains qui ressemblent à des sternes, et qui viennent sans doute de très loin. Là-haut sur le plateau, il a lu qu'il pourrait voir la pie-grièche écorcheuse et il la cherche depuis, pour mettre une sensation sur ce nom qui l'emplit de révérence. Il guette aussi le hibou dont il entend parfois le chant lorsqu'il passe certaines de ses soirées allongé dans la voiture, au milieu des bois, les chiens endormis sous ses pieds, ça l'a pris comme ça de vouloir entendre la terre refroidir quand vient le soir. Il y a quelque chose dans la fin du jour ici qui attendrit sa vieille peau, qui lui donne envie de se relâcher enfin. Il a acheté un livre sur ces oiseaux à la maison de la presse. Il a fallu qu'on le lui commande. Il a fallu qu'il l'attende.

Laurentin a bien vu les inscriptions qui prolifèrent. Ils sont de plus en plus nombreux à venir lui en parler. Certains en tenant leurs casquettes à deux mains, l'air embarrassé et inquiet. D'autres, plus nombreux, en jouant des épaules, en tapant leur poing dans leur main, l'air de vouloir partir en chasse. Ses hommes disent que tout le monde leur en cause maintenant. À l'école quand ils vont chercher leurs enfants, dans la file au supermarché, le dimanche en promenade. Il a fallu documenter, rendre compte, prendre des photographies qui auraient peut-être leur place dans des expositions d'art.

Il y a des triangles creux ou pleins, des carrés parfois, des ronds. Toujours en rouge. Jamais de mots, à part l'ACAB tout proche de la ville, déjà un peu délavé parce qu'ici quand il ne neige plus il pleut. La DDE lui a fait savoir qu'il serait bientôt effacé. ACAB. *All Cops Are Bastards*, comme dans les rues de New York, de Clichy, de Ferguson et de Charlotte. Laurentin se demande à nouveau s'il y a des zadistes dans le coin, un rassemblement en train de se former, un campement qui s'installe. Il a fait rouler les hommes aux quatre coins du massif. Mais il n'y a dans la région pas de zone protégée en danger, pas de projet d'aéroport, pas de grande exploitation agro-industrielle. Le barrage le plus proche est une vieille chose qui étale son béton crevassé entre les montagnes du nord-ouest, à trois heures de route, là où déjà le paysage s'adoucit un peu. Il y est allé à la fin de l'automne, parce qu'on vidait le lac de retenue. Il a vu les restes des villages immergés, des maisons encore debout mais éventrées, des fermes en ruine, des trous noirs et béants là où il y eut des toits et des fenêtres, des traces de vie à perte de vue, de vilaines herbes qui poussent sur la terre molle qui exhale son humidité en revenant à l'air libre. Il s'est aventuré au milieu du désert détrempé. À certains endroits, la terre se faisait soudain sèche et se craquelait sous ses pieds. Il a touché du doigt du métal mangé par la rouille, presque désagrégé, peut-être les restes d'une serrure ou d'un outil, et s'est avancé au milieu des murs bruns. Les voix des visiteurs lui arrivaient de plus en plus loin, comme des échos fantomatiques, des rires d'enfants et des prénoms appelés avec insistance mais comme recouverts d'un voile. Là chaque son s'élançait en ayant le souvenir de l'eau. Quelque chose alors lui convenait parfaitement.

Les lettres sont toutes fraîches. Il les touche, en s'attendant presque à ce que la peinture lui colle aux doigts. Il se demande comment ils font pour dessiner les lettres aussi nettement. Ils doivent avoir un guide, une sorte de pochoir. À l'entrée des gorges de la Brume il est écrit APACHES en lettres majuscules, avec le A du milieu qui fait deux fois la taille des autres lettres. Ça n'a pas été vite fait. On s'est appliqué. On dirait une déclaration de guerre, plus tout à fait un jeu d'enfant. Et d'une guerre, Laurentin ne veut pas. Ce n'est même pas qu'il est las, c'est juste qu'il a enfin trouvé autre chose, en l'espace d'une année, d'un hiver sans lumière. Il quitte sa station accroupie en soufflant, les mains sur les cuisses, l'âge de son corps, ses imperfections comme autant de signaux d'alarme. Il a enfin mis le nez dans les papiers de la pochette verte dans laquelle il avait classé chronologiquement les courriers et les attestations, sans jamais vraiment prendre le temps de les lire. Il a fait ses comptes. Encore un peu moins de cinq mois. Toutes ses années passées à servir ont été converties en trimestres de cotisation. Il voit toute cette longue étape de sa vie résumée comme ça, des chiffres dans une colonne. Il se souvient de l'évidence qui l'habitait, il y a plus d'une demi-vie quand encore adolescent il savait qu'il travaillerait pour l'État, quelque chose de plus grand que lui, quelque chose qu'il croyait impartial et bienveillant, et il se rend compte que c'est fini. Il ne pense plus qu'au temps qu'il aura bientôt pour grimper, encore grimper, grimper suffisamment haut pour être seul au monde, parfaitement seul, observer les oiseaux, apprendre à reconnaître leurs trilles, et laisser son regard filer au-delà des crêtes. Il soupire et il sent bien comme ses poumons ont refleuri, comme son souffle n'est plus jamais court, il a l'impression d'avoir la poitrine vaste comme un océan. Il est fier, un peu, de s'être fait à cette forêt et d'avoir su dénouer peu à peu tous les liens qui l'entravaient. Bien sûr, certains jours sa jambe lui fait trop mal, les lendemains de marche où il s'est montré déraisonnable, où il a poussé trop loin la vieille guibole rafistolée. Il se dit qu'il suffit de serrer les dents.

Les chiens ressortent à ce moment-là du fossé, tout crottés. L'un dérape un peu au moment de reprendre appui sur la chaussée, et en voyant ses pattes arrière faiblir, le capitaine Laurentin se dit qu'il n'est pas le seul ici à faire son âge. Il remonte vers la voiture, entouré des deux grands braques qui trottinent doucement, et le soleil levant n'en finit plus d'allonger leurs ombres.

En fin de journée, il est de retour à la gendarmerie, ses murs aux couleurs hésitant entre le saumon, le marron et le beige. De sa large fenêtre, Laurentin voit arriver à pied depuis le parking les deux femmes qui ont appelé ce matin. Elles n'ont voulu parler à personne d'autre. Elles avancent tout droit, sans regarder sur les côtés et pour cause, les passants convergent imperceptiblement vers elles. Des hommes, quelques femmes, qui laissent leur coffre ouvert, qui posent leurs sacs de courses sur le sol, qui interrompent leur conversation pour les regarder passer, tous figés l'espace d'un instant, jusqu'à ce que l'un d'entre eux décide de venir voir de plus près. Et alors, les groupes épars commencent à former une foule, à s'agglutiner, les groupes se fondent les uns dans les autres comme du mercure en ébullition, vers un point de confluence qui se situerait devant la porte de la gendarmerie. Bientôt elles n'ont plus pour avancer qu'un étroit corridor au sein de cette masse humaine, cet amas de visages blancs et de corps tendus. Il les voit hésiter. Dans une arrière-cour voisine, du linge étendu claque dans le vent. Maintenant qu'elles sont plus proches, il peut distinguer le léger boitillement de l'une et l'hématome jaune et violet que l'autre arbore sur le menton. Elles tiennent leurs têtes droites et le seul indice de leur peur, à cette distance, serait leurs épaules qui se haussent, le bras de l'une qui prend celui de l'autre.

"Salopes !" crie quelqu'un.

La première réponse de la foule est un soupçon de désapprobation, quelques-uns là-dedans qui se retournent vers leurs voisins, l'air de dire que quand même, faut pas pousser. Mais les insultes redoublent vite. Aux premiers rangs, pas de cris, des visages impassibles, curieux, réservés, mais des rangs arrière, c'est toujours des rangs arrière que vient la bassesse, les voix montent. "Salopes", encore. "Salopes", de plus en plus fort. "Traînées. Lesbiennes."

Laurentin fait vite descendre quelques hommes, ceux qui sont encore là. Le jeune à l'entrée lève la main pour calmer l'assistance et en plein milieu de son geste se rend compte qu'il est seul, là, avec son uniforme face à cette cohue qui remue de plus en plus, les regards qui se font de plus en plus durs, l'attroupement qui prend conscience de sa force. On dirait presque du bétail quand on le sort au printemps, qu'il a senti l'odeur de l'herbe et qu'il prend tout de suite de la vitesse. En même temps, Laurentin le sait, il l'a déjà vu souvent, chacun d'entre eux sent qu'il est parfaitement caché là-dedans. Personne ne peut les atteindre. On entendra leurs cris mais on ne pourra pas voir leurs visages. Alors au moment où Laurentin et ses hommes ouvrent la porte et prennent position sur le perron, le murmure se transforme en cris gutturaux, langue de barbares, appels à des temps anciens, déclamations furibondes. Certains reculent mais d'autres, plus nombreux, s'avancent vers les premiers rangs.

Le capitaine leur demande du calme, et sa voix glaciale fait effet mais seulement sur la dizaine de personnes les plus proches qui peuvent l'entendre parfaitement. Quelqu'un commence à battre le flanc d'une poubelle avec un bâton. Il voit, au milieu des bras qui se tendent, les deux femmes qui continuent à avancer, poussées l'une contre l'autre par la pression. Lison Rocher et Céline Gayraud, il a noté leurs noms sur son calepin. Il dit aux jeunes qui l'entourent – il regrette Daumard et les quelques vieux qui avaient de la bouteille et qui sont tous partis ailleurs, au gré des retraites et des mutations –, il leur dit de sortir leurs matraques et il vise bien, pour être sûr de ne pas trébucher, la première marche du perron, puis il s'engage au milieu de ses concitoyens et rejoint les deux femmes en trois pas, peut-être quatre. Il se place entre elles, pose les mains sur leurs épaules et les pousse devant lui. "Ordure", il entend sur sa droite, par deux fois, et il croit bien reconnaître cette voix. Ça ressemble au fils Ourseyre, celui qui est tout gras, qui a le regard bistre et qui ne parle jamais qu'en criant. Un jour il a hurlé “Fils de pute de Chinois” à l’intention d’un avant-centre uruguayen qui venait de marquer contre Saint-Étienne, là sur la télé dans le bar de son père, et depuis tout le monde crie “Fils de pute de Chinois” partout où il débarque. Ce qui l’amuse beaucoup, évidemment.

Il a l’impression que chaque pas prend une dizaine de minutes. Il sent des vagues qui parcourent ce peuple, des flux de colère, des courants sous-marins. Il sait pourtant, il regarde leurs visages un à un, que séparément il saurait les ramener à la raison, mais là il entend leurs voix distordues, il perçoit la tectonique de leurs vieilles colères et il sent des gouttes de sueur froide qui coulent lentement le long de sa colonne vertébrale.

C’est quand il y est presque que ça tombe. Elles ont franchi les premières marches. Des deux mains, il les guide fermement en essayant de ne pas transmettre sa peur. Il met tout son calme là-dedans, tout ce qu’il a toujours été, le gamin méticuleux, le fils appliqué, le jeune homme décidé, l’époux tranquille, le limier voué à sa mission. Il sent la faiblesse de ses insignes, chemise bleue bien repassée, cordon rouge, chevrons blancs sur épaulettes bleues et képi doré, qui ne luisent à cet instant d’aucun prestige. Qui protège les protecteurs ? La question lui vient comme ça, une question pour l’époque, pour les âges qui viendront après. Il monte sur la première marche, il est sur le point de surnager et la douleur vient, familière et brutale, attendue et pourtant toujours surprenante, un pincement qui naît au cœur du ménisque et qui irradie brutalement dans toute la jambe. Elle prend les mêmes chemins, les sillons qu’elle arpente chaque fois sans jamais se lasser et son cerveau, la partie reptilienne, celle qui prend les commandes en cas de conflit, qu’il a dressée patiemment pour qu’elle agisse froidement, se récrie contre cette perte soudaine de stabilité. Il lève la main dans le même temps, pas tant pour se rattraper, c'est plutôt comme si avant même de tanguer il avait prévu ce geste d'apaisement pour l'attroupement qui l'encercle.

C'est là, sur cette main dressée, qu'atterrit la tuile lancée, au terme d'une courbe parfaitement incurvée, directement sur le scaphoïde et l'autre os plus petit en dessous qui se brise net sur le coup et dont on lui apprendra le surlendemain qu'il s'appelle le semi-lunaire. Le nerf médian en dessous se comprime, la peau de sa main se déchire et laisse perler le sang. Le long capitaine trébuche en avant en exhalant un râle de douleur. Alors la foule recule, apeurée soudainement, à nouveau consciente de l'uniforme, des foudres qui peuvent s'abattre sur elle, des hommes armés et autorisés à faire usage de la force qui s'avancent. "Dispersez-moi ça", siffle Laurentin en reprenant son souffle entre chaque mot et en se tenant le poignet brisé, la peau pâle de son visage comme un avertissement. On l'entend parfaitement dans le silence qui vient de se faire. Les gendarmes ont à peine besoin de s'avancer que le rassemblement s'effiloche. Par l'arrière, certains filent à l'anglaise et puis en plein centre on voit subitement des hommes abasourdis qui portent les mains à leurs têtes et puis qui poussent leurs voisins pour sortir de là, s'enfuir, se cacher, vite trouver une excuse, se ménager une chance de prétendre qu'on n'en était pas.

Les portes refermées, les hommes fortifiés, Laurentin fait la liste des convocations à son adjoint, tous les noms qu'il a notés en quelques secondes. Ringrave, Bonfils, Liandier, Farradèche. Surtout Ourseyre, et Dupuis père et fils. Alors qu'il ouvre la porte de son bureau, la voix de Lison Rocher se fait entendre, pour un peu il aurait oublié qu'elles étaient là, et elle dit, "Les fils Ourseyre et Dupuis, c'est justement d'eux que nous voulons parler".

Il les invite à entrer, au moment où la secrétaire sort de son bureau l'air inquiet et dit :

— C'est dans le journal, capitaine, tout est dans le journal, les peintures rouges, les Apaches…

— Trouvez-moi un médecin, répond Laurentin qui doit soustraire sa main brisée aux attentions des chiens soudain inquiets.

26

LOUISE

Ce n'est plus le gentil aspre ou la traverse, qu'ici on appelle ploudzaou. Certains disent que c'est un vent fort mais qu'il semble toujours vouloir nous ménager un peu. Louise se souvient d'avoir lu quelque part, au gré du hasard quand elle rebondit d'article en article sur Internet, le soir sous la couette en tenant son téléphone au-dessus de sa tête, qu'à l'échelle de la planète, ou en tout cas de l'hémisphère nord, les données disponibles montrent que les vents ralentissent. On pense, mais on n'est pas sûr, que c'est le reboisement. Ici on n'a pas attendu pour savoir que les arbres nous protègent des bourrasques. Après, dix, cent ou mille arbres, ça ne fait pas de grande différence quand notre printemps est si froid. Avril ne va plus tarder et au sol, il y a encore çà et là du gel et de quoi faire des congères. Les perturbations atlantiques nous foncent dessus, nos monts de granite et de tourmaline encore une fois en première ligne. Le vent anabatique a dévalé les pentes, ici et là, joueur et irraisonné. Et puis l'écir s'est levé, pour fêter une dernière fois l'hiver faiblissant, ses rafales cinglant le plateau et la montagne en continu jusqu'à ce que les têtes tournent, ses doigts de glace nous agrippant le menton jusqu'à ce que le vertige nous prenne. L'écir s'est levé et le ciel a beau être dégagé on évite de sortir tête nue.

Même ceux qui goûtent l'ivresse trouvent que celle qu'il amène est trop brutale. L'écir s'est levé et depuis trois jours on n'entend plus que lui, se jouant des branches, pourchassant les merles et les geais et noyant les mugissements du bétail.

C'est un vent qui fait baisser les yeux, et Louise doit s'abriter derrière ses mains pour regarder un faucon tenter de reprendre de l'altitude, entre ses serres le poids mort d'une musaraigne dont l'échine s'est brisée. Sous son bonnet, Louise ne distingue pas la portière qui claque, ne voit pas le petit homme qui a laissé sa voiture à l'intersection du chemin et de la route et qui s'approche de la ferme en essayant de retenir sa capuche et de ne pas salir ses chaussures. Georges Rozec, c'est son nom, n'a pas encore connu son trentième printemps mais il débute son quatorzième contrat. Il a grandi en dévorant Albert Londres, Jean Hatzfeld et Jean Meckert, il a quitté sa Bretagne pour suivre les cours d'un institut supérieur de journalisme, il a débattu de déontologie et de *fact-checking*, il s'est longuement demandé s'il avait l'étoffe d'un reporter de guerre ou si c'étaient les Nick Cave de ce monde qui se confieraient à son micro. Puis la réalité l'a rattrapé, l'a fait fait-diversier, à Brest chez sa mère pendant un temps, puis à Carcassonne, à Lille et à Roubaix, à Nice. Il a tourné dans toute la France, au gré des contrats. Il a du mal à se loger, et toute sa vie tient dans trois cartons. Il n'achète pas grand-chose depuis qu'il a compris qu'il ne cessera pas de sitôt de déménager sans arrêt. Il a du mal à s'engager avec les filles que son rire calme et discret séduit facilement. Il est si prévenant et aimable que bien après son départ elles se demandent, pas toutes mais au moins deux ou trois, où il est, ce qu'il peut bien faire et s'il a vraiment existé, si elles n'ont pas rêvé ses caresses bénignes.

Il va pour frapper à la porte mais il aperçoit la jeune fille, droite comme un *i* dans les bourrasques, et se dirige vers elle. La veille, Georges Rozec a envoyé deux brèves à sa rédaction, l'une sur une ambulance qui s'est renversée dans un fossé, le malade est mort, et l'autre sur ça, rien de bien fouillé mais, lui qui a suivi des histoires de meurtre, d'infanticide, d'accidents, de drogue, de vendetta, de carambolages, d'escroquerie et d'usines délocalisées en une nuit, il a un léger grattement dans le ventre qui lui donne envie de rester un peu par ici.

"Nouvelles dégradations sur la D724". Il leur a proposé de titrer comme ça.

> Pour la deuxième fois cette semaine, le secteur de Fond-du-Lac a été la cible d'actes malveillants. Henri Laroume, éleveur résidant dans la commune, a eu la désagréable surprise, en menant ses bêtes au champ ce vendredi, de découvrir un graffiti rouge de grande envergure au beau milieu de la D724, à proximité de l'entrée des gorges de la Brume. Mardi, une autre inscription de la même couleur et aux dimensions similaires avait été repérée par plusieurs automobilistes sur la bretelle menant à l'autoroute A75. La gendarmerie n'a pas souhaité s'exprimer sur les faits, ni confirmer l'idée selon laquelle l'un et l'autre pourraient être attribués à un seul et même auteur.

Quand Georges l'a rejoint dans la pente en ahanant, le fermier était en train de naviguer au milieu de ses salers qui se poussaient les unes les autres, et le jeune journaliste s'était dit qu'on pouvait sans doute se perdre dans un troupeau aussi puissant comme ailleurs on se perd en mer. L'homme n'a pas livré grand-chose, mais Georges l'a senti mal à l'aise. Quant à savoir ce que ça pouvait bien vouloir dire, Apaches, ça… Il a claqué de la langue et gonflé les joues, puis il a décidé qu'il s'en foutait. Et il s'est retourné en appelant son chien, en criant d'un coup "Rolf, rattrape Gaspée, là-bas, allez, là-bas" puis il a marmonné tout bas, "Elles vont être chiantes aujourd'hui, je sens qu'elles vont être chiantes, elles arrêtent pas de se tailler". Mais ce n'était plus à lui qu'il s'adressait. Il aurait voulu lui dire que c'était joli, Gaspée, pour une vache, surtout une belle génisse comme ça, que son père s'appelait Henri lui aussi, qu'il aurait bien aimé aller en Gaspésie, mais l'homme était déjà parti, et il lui a juste lancé un coup d'œil en arrière dans lequel on pouvait tout lire sauf une invitation à causer.

Le rédacteur en chef, si on en croit les marmonnements qu'il a bien voulu lui accorder entre deux réunions, est d'accord pour qu'il reste un peu. Il l'entendait vapoter à l'autre bout du fil. "T'auras peut-être les pages régionales si ça gonfle, mais pour l'instant tu fais pour l'édition locale. T'appelles André et tu me déranges plus avec ça, sauf si le préfet s'en mêle. Ou, je sais pas, l'antiterrorisme." Et il a éclaté de rire.

Il reste donc à voir si les gens du coin ont quelque chose à en dire, puis à aller fouiller du côté de la gendarmerie. Si ça coince toujours là-bas, il pourra tenter chez le procureur. Alors ce matin, après une nuit passée dans un hôtel pour cyclistes, il a commencé à faire le tour de la vallée. Il n'a vu que des vieilles femmes qui refusent de venir ouvrir leurs portes et des paysans au travail, qui lâchent quelques mots comme on jette des mégots. Ils le regardent droit dans les yeux, en continuant à travailler. L'un plumait un poulet, l'autre préparait la traite, un troisième, le plus colossal, fouillait dans le moteur d'un vieux tracteur couvert de rouille. Aucun d'entre eux n'a l'air ravi de le voir. Ils le laissent mariner dans le silence, une fois qu'il a posé ses questions, juste le temps qu'il faut pour qu'il se sente mal à l'aise, pour qu'il soit sur le point de reformuler. On ne sait pas, à les regarder, s'ils réfléchissent à ce qu'ils vont dire, s'ils ont décidé de se payer sa tête ou s'ils hésitent à lui coller une tarte. Mais Georges en a vu d'autres, Georges a son calepin à la main et Georges sait bien que la parole finit toujours par sortir. L'un dit, "C'est des petits cons qui ont fait ça, et j'ai pas de temps pour les petits cons". Un autre, "Je suis pas dérangé, parce que j'ai pas le temps d'être dérangé". Encore un autre, plus vieux, celui-là, moins accueillant, une vilaine tête, "Si j'avais le temps, je leur collerais une bonne petite dérouillée". C'est quand il les quitte, et qu'il se rend compte que ces hommes s'affairent sans cesse, qu'il se dit que cette histoire de manque de temps n'est pas qu'une façon de ne rien dire.

Louise ne l'a toujours pas entendu arriver, ou alors elle fait semblant. Il essaiera de le décrire plus tard, le jeu que le vent jouait dans ses cheveux, les longues mèches couleur de feu qui sortaient de son bonnet, et il sera bien incapable de finir sa phrase. Il doit se racler la gorge, taper des pieds par terre et des mains sur ses bras pour tenter de se réchauffer, et l'appeler. "Excusez-moi." Il ne dit pas mademoiselle, il ne dit pas non plus madame, parce qu'elle paraît sans âge, que la lenteur de ses mouvements quand elle se tourne vers lui est sans âge, on n'a jamais fait ça, ou alors c'est qu'on a laissé passer des ères entières, c'est la toute première fois qu'une femme se retourne vers un homme, c'est peut-être un tournant dans l'histoire du monde. Après, évidemment, il faut se ressaisir et revenir à des choses plus terre à terre, lui demander si elle a vu les inscriptions, ce qu'elle en pense, ce qu'elle fait ici.

— Je m'occupe des chevaux.

— Vous êtes palefrenière ?

— Non, je m'occupe des chevaux, c'est tout. Les inscriptions, il y en a aussi dans la forêt, sur des arbres et des murets. Il paraît qu'il y a des tracteurs et des voitures qui ont été tagués aussi.

— Ça vous dérange ?

— Je m'en fous un peu. J'ai autre chose à faire.

— Je peux vous demander comment vous vous appelez ?

— Vous pouvez demander.

— Alors… comment vous vous appelez ?

— Louise. Louise Albrecht.

— Comme la résistante ?

— Je ne la connais pas. Elle s'appelait Louise Albrecht ?

— Bertie. Bertie Albrecht. C'était une grande résistante, elle a fondé *Combat*.

— Eh bien, aucun lien.

Il trouve qu'elle se tient bizarrement, les mains dans le dos, mais il sent qu'il y a une avalanche planquée dans sa voix. Il a l'impression qu'elle aimerait bien sourire. Elle trouve qu'il a l'air doux. Il finit par faire quelques pas en arrière, en tapant son calepin refermé sur son autre main, et il dit qu'il ne va pas la déranger plus longtemps mais bien sûr, en fait, il aimerait bien.

Il lui faut ensuite, à Louise, attendre toute la journée. Étriller les trois chevaux et attendre. Les sortir rapidement, chacun avec une couverture matelassée sur le dos, et se dépêcher de nettoyer les stalles pour qu'ils puissent rentrer. Elle sue sous les quatre couches de vêtement qu'elle doit porter, et elle attend. Elle les attache, un à un, et leur cure les sabots, lentement, puis les graisse, et elle attend. Elle fume sa cigarette hebdomadaire dans l'encadrement de la porte de l'écurie, appuyée sur les vantaux, et elle attend. Elle va chercher du lait et des œufs à la ferme voisine, et elle attend. Ce n'est qu'en fin d'après-midi, sa montre à cristaux indique 17 heures mais déjà la lumière meurt, elle sait qu'au-delà du col il fait déjà noir, ce n'est qu'en fin d'après-midi qu'elle voit enfin les deux silhouettes surgir en haut de la colline. Elle pousse comme un petit jappement de joie, que le monde autour choisit de ne pas répercuter, un cri qui restera à elle et que personne d'autre n'entendra.

Elle doit attendre encore, que les hommes fourbus descendent jusqu'à la ferme, qu'ils reposent les cordes et les outils dont ils sont chargés, qu'ils se déchaussent, qu'ils rentrent et se réchauffent, qu'on discute du menu du soir, qu'à tour de rôle ils aillent se laver. Elle part faire une corvée de bois mais il ne la rejoint pas. Ce n'est qu'en allant se coucher qu'elle peut enfin lui chuchoter, “Tu te rends compte, Éli, on est dans le journal”. Des deux mains elle se saisit de la sienne, comme on se saisit d'un hochet, et il sourit, comme toujours il se tait mais son visage n'en dit pas moins.

27

ÉLI

Ils, tous les deux, Éli et Andrew, Éli avec Andrew, sont penchés sur cette large porte en bois qu'ils ont fini d'assembler, en récupérant la ferronnerie rouillée de l'ancienne. Ils ont passé des heures à enlever la rouille. Ils l'ont d'abord frottée avec des oignons, mais ça n'a pas suffi. Ils sont passés à un mélange de sel et de citron, et puis finalement Andrew a mélangé du bicarbonate de soude et du vinaigre. Ils ont dégrippé les charnières, et il a ensuite fallu choisir parmi toutes les planches qui formaient la sorte de vantail celles qu'ils conserveraient et celles qu'il fallait changer. Au final, ça leur en a fait cinq à refaire à l'identique. Et maintenant, la porte flambant neuve, son métal noir luisant, son bois poncé et traité, est là devant eux. Ils vont l'accrocher et c'en sera fini de la remise en état du vieux buron sous la direction de l'Américain.

C'est donc une sorte d'inauguration, qui vient couronner ces derniers jours d'une activité soudainement forcenée. Le vieil homme a mis les bouchées doubles, il a mis une ardeur de commando dans tout ce qu'il faisait et Éli ne sait pas vraiment pourquoi. Il a juste remarqué que dans la maison, Fiona s'était mise à ranger, en chantonnant tout bas, guillerette. Avant de procéder, Andrew sort de son sac deux bières miraculeusement fraîches qu'ils sirotent un peu trop vite. Dans l'air, il y a tout ce qu'ils ne parviendront jamais à dire. Pour partie, la satisfaction de voir devant eux la petite bâtisse revenue à la vie par leurs mains, leurs propres mains, leur souffle et leur sueur. Pour partie, tout ce qu'ils savent l'un de l'autre mais qu'ils ne diront jamais, tout ce qu'on apprend d'un homme en peinant à ses côtés, épaule contre épaule. Dans l'air, il y a aussi la question du prochain départ d'Éli maintenant que sa tâche est achevée.

Pointant le buron avec sa bouteille, Andrew dit, "Il n'a toujours pas l'électricité ou l'eau courante, je suis pas certain que ce soit parfaitement isolé mais au moins il a des fenêtres qui ferment maintenant".

Ils se penchent alors, Éli et Andrew, Éli avec Andrew, ils se saisissent de la porte et à "trois" ils la soulèvent. Comme souvent ces dernières semaines, leurs visages sont tout proches, à peine deux ou trois dizaines de centimètres. Ils s'indiquent des yeux ce dont ils ont besoin. Ils connaissent maintenant leurs figures intimement. Chaque ride, chaque crevasse, chaque reflet d'une veine, chaque pli fait partie d'un paysage familier. Ils savent ce que signifie le moindre regard. Éli a cessé de se demander d'où viennent les éclats vert clair dans les pupilles marron d'Andrew. Andrew ne s'étonne plus des yeux qu'Éli garde fermés quand il pense, on dirait des apnées.

Éli se dit, j'ai l'impression de pouvoir le dessiner à mains nues dans le noir. Il ne dit jamais rien mais il sait par instinct tout des douleurs du vieil homme, lorsque son épaule le lance ou que son dos grince. Il sait à la ligne de ses épaules s'il est en pensée dans une des contrées de sa mémoire qui le revigorent. C'est de plus en plus fréquent maintenant. Cet homme n'est pas venu vivre au milieu de rien, dans un pays étranger, par hasard. Au fil de ces jours de labeur, il devient manifeste qu'il a mis quelque chose à distance.

"Quelques flèches, oui ?"

C'est comme ça qu'il arrache son jeune acolyte à sa rêverie face aux nuages, des stratus étalés en fine couche, pas de pluie à l'horizon, toutes leurs affaires prêtes à leurs pieds. Il le conduit vers un taillis, ses arbres disposés de manière brouillonne, et là il a accroché un tissu blanc sur un tronc. Il l'arrête à une vingtaine de mètres. Il remonte l'arc, tend la corde, et il lui offre trois flèches en lui rappelant comme chaque fois, "Rappelle-toi, ne vise pas trop". Il siffle de contentement lorsque la troisième flèche se plante, comme les autres, dans le fichu.

Il n'y a plus qu'à descendre, en prenant les pentes de travers comme des skieurs. À certains endroits, l'herbe leur monte jusqu'en dessous du genou. Leur foulée est légère et pleine de promesse. On dirait qu'ils se débarrassent à chaque pas de tout un fatras de souvenirs. Leur foulée dit tout de ce qu'ils sont. Elle dit tout ce qu'ils revendiquent : la joie des ombres, les routes pas encore ouvertes, les envols, le foehn, le givre, les grives, les trilles de printemps et les vrilles d'enfants. L'enfance et la vieillesse, sans l'intendance et sans les naufrages. À eux les corps, à eux la douleur et les muscles fatigués, à eux la neige la boue, à eux la rivière et les hectares, à eux le nom des arbres. À eux la grande insurrection du silence enfin retrouvé.

L'homme aux cheveux blancs précède le grand efflanqué dans la pente. On dirait qu'ils sont d'une espèce différente. Éli se sert de sa canne comme d'un jouet, il a l'impression qu'il pourrait continuer ainsi pour toujours. Le mouvement n'est plus un effort, c'est devenu une nature. Il a laissé tant de choses derrière lui qu'il ne pèse plus rien. Il peut se faire feuille ou caillou, il croit avoir découvert le rythme secret du monde. Il finit par parler, parce qu'il a tant envie de lui faire des confidences, comme un enfant invité à la table des adultes :

— Tu sais, Andrew, mon père aussi est américain.

C'est la première fois qu'Éli pense à cet homme qu'il a toujours appelé Peter plutôt que papa, son regard profond, ses silences austères, ses sourires calmes et lumineux. Andrew se retourne à peine et sans ralentir il lui demande :

— *Was he in the military?*

— Non, il est spécialiste du léopard.

Dans la dernière pente, on voit les lumières de la ferme et ils se prennent à croire que d'ici le vent pourrait leur porter les voix de Fiona et de Louise. Et puis ils aperçoivent la jeune femme qui les guette et qui agite la main, une seule et unique fois, quand elle les voit. C'est là qu'Andrew lui dit que toutes les bonnes choses ont une fin :

— Nous devons rentrer en Amérique, au moins pour quelques semaines. Tu peux encore rester ici jusqu'à notre retour...

Puis au bout d'un silence, d'une exhalaison, il ajoute :

— À notre retour, nous vendrons la ferme. Le temps est venu. Ne dis rien à Louise pour l'instant, s'il te plaît.

Elle rattrape Éli après dîner, toute pleine de joie, une joie revancharde et vindicative, toujours pas apaisée mais plus rayonnante que jamais. Chacun se dirige vers sa dépendance, elle vers le four à pain, lui le moulin, et il veut lui sourire, de tous ses yeux, il lui donne le sourire des condamnés.

Il le lui redonne au matin, avant le lever du soleil, l'air froid porte les sons qu'ils font en marchant doucement. Ils sont discrets, leurs paquetages et leurs outils préparés la veille, ils ont l'air de maquisards et seuls les yeux affûtés de quelques bêtes des sous-bois peuvent les suivre. Un tout petit oiseau dont ils ne savent pas le nom fête leur départ en se laissant tomber les ailes repliées. On dirait qu'il joue à être une bombe et il ne les déploie qu'au dernier instant, rase le sol et regagne sa branche. Éli salue du poing cet exploit aérien. Louise note le petit bec légèrement crochu, la tête et le croupion gris, le large bandeau noir autour des yeux, le dos marron tendant vers le roux, les ailes marron tendant vers le brun, le menton blanc et la poitrine rosée.

En quelques foulées, ils sortent des pâtures et alors à eux le couvert des forêts, les étendues sylvestres où de mémoire d'homme on se cache du regard du ciel et de l'attention des dieux, à eux les frondaisons qui les soustraient au monde civilisé, à eux encore les clairières où jouir d'une lumière solaire redevenue miraculeuse et qui n'appartient qu'à eux. En quelques semaines, c'est comme si la forêt s'était faite à leurs incursions ou plutôt comme si eux s'étaient conformés, en parole et en intention, en acte et en esprit, à ce qu'elle attend de ses visiteurs. Ils boivent aux sous-affluents qui la parcourent, ils suivent les traces du sanglier, ils accompagnent de loin le grand cerf impavide et ils passent au large de la tanière du renard. Ils sautent par-dessus un torrent et ils courent dans les taillis, leurs chevilles jouant un jeu ancien avec les anfractuosités, les trous, les racines et les pierres. À force de torsions et de contorsions, la souplesse revient aux membres qu'on croyait fourbus. On entend à peine le bruit que font les outils et les pots de peinture cachés au fond de leurs sacs, enveloppés dans plusieurs épaisseurs de vieilles étoffes.

À chaque pause, ils dressent un de leurs petits autels précaires. Trois fils de laine rouge, des brindilles, des osselets et des pierres. Il y ajoute parfois un caillou, et elle le peint en rouge. Ici il ne signale rien, ici il ne s'adresse à personne, ne déclare pas de guerre et n'établit pas de frontière. À chacun son culte et le leur est vite rendu, leurs oraisons sont des rires étouffés et des murmures adolescents. Petit à petit, le silence cotonneux qui leur a servi de matelas s'est retiré. Il laisse la place à des petites histoires, de nombreuses petites histoires disposées en cercle autour des secrets qui doivent rester encore dans l'ombre. Elle raconte qu'elle est une pianiste effroyable, qu'elle a essayé le karaté. Il se rappelle qu'enfant il exigeait qu'on l'appelle John comme John Wayne. Son plus vieux souvenir est d'être tombée des épaules de son père qui ramassait des champignons. Il lui parle du sien, qui avait été nommé professeur à la Sorbonne et qui, le jour des formalités administratives, avait répondu "aucun" à une question sur le nombre de ses enfants. Il avait dû faire demi-tour dans la rue, une heure plus tard, pour expliquer à la secrétaire soudain méfiante qu'en fait il en avait deux. Il lui raconte cette grand-mère yankee qui portait un large chapeau de paille, fumait des Marlboro rouges et savait aimer comme on doit aimer les enfants, sans condition.

Petit à petit, ils évoquent une à une toutes leurs égratignures. Un jour qu'ils s'arrêtent et qu'en sous-vêtements ils se baignent dans une rivière sans nom, ils peuvent faire la liste de leurs cicatrices. Ce sont des histoires de plongeon dans une piscine trop peu profonde, de clés lancées trop fort, de chutes dans les gravillons d'une contre-allée ou de doigts coincés dans la grille d'un vieil ascenseur, de fugues qui ne mènent pas plus loin que chez la concierge. Elle a une légère ligne de peau pâle à la naissance de ses cheveux, elle raconte qu'elle a refusé de donner le nom du camarade de classe qui lui avait jeté sa trousse au visage. Il faut se pencher sur elle pour bien la voir. C'est peut-être à ce moment-là que leurs fantômes décident de les laisser respirer un peu, et que le trouble renaît. Chez elle, c'est un sourire vite éteint et un regard qui se détourne à peine trop vite, un pas en arrière vers ses vêtements. Un feu reprend vie.

Ce jour-là, c'est encore elle qui dicte l'allure, qui sait toujours où ils vont, si le ruisseau qu'ils viennent de passer est celui de Conche, des Gouves ou de Barbounet. Ce qui est nouveau, c'est sa main qui s'attarde sur son maigre biceps pour prendre appui et s'engager dans le versant sud de la montagne de la Dent. C'est son regard parfois qui semble se perdre dans les rides de ses tempes. Ce qui n'existait pas il y a encore quelques nuits, c'est son regard à lui qui en la suivant s'attarde sur ses fesses, rondes, qui remplissent parfaitement son jean. Ils crapahutent dans un ravin, le souffle court quand pour en sortir la pente se fait presque verticale et il hume presque l'odeur de sa bouche et celui de la fine sueur qui lui baigne le front. Elle sent le feu de bois. Il aimerait qu'elle lui dise son odeur, en retour, il espère sentir la résine et l'automne.

Lorsqu'ils finissent par sortir de la forêt, le soleil est déjà haut dans le ciel. C'est ici qu'elle voulait venir, au pied de la tour médiévale en ruine qui surplombe la vallée. Derrière elle, il n'y a que quelques centaines de mètres pour aborder un nouveau plateau qui part vers le sud et qui débouche, au loin, sur les premiers causses. Louise s'accroupit et fouille dans les sacs. Elle déballe de la ficelle, de légères ramures de bois creuses, et du papier. En deux tours de main, elle l'avait prévenu qu'elle avait une surprise, elle a fini de monter ce qu'elle a construit ces derniers jours. Elle dit qu'elle espère qu'il va voler, elle n'a pas voulu l'essayer, elle l'a fait d'après un tutoriel qu'elle a trouvé sur Internet. C'est un cerf-volant, en forme de losange, et le papier de riz qu'elle fixe sur le cadran est évidemment rouge, rouge sang. Ils s'approchent doucement de la tour, dont le mur le plus proche d'eux est éboulé. La dernière partie complètement à découvert, ils la franchissent en courant, pliés en deux vers l'avant, comme deux éclaireurs barbares surgissant du couvert. Ils se glissent à l'intérieur, et ils attendent accroupis que leurs souffles se calment pour bien vérifier qu'il n'y a pas d'autres bruits que les leurs. En une dizaine de minutes, elle parvient à grimper au faîte de la vieille construction, et elle y attache son cerf-volant qui prend directement le vent. Elle a poussé le sens du détail jusqu'à lui faire une petite queue, trois petits losanges qui flottent à l'arrière, rouges eux aussi. D'en bas, on dirait des larmes.

Elle contemple son œuvre, sereine, quand on entend soudain le moteur régulier d'une voiture qui vient. Elle en crache presque son eau, et les voilà courant en sens inverse, moitié riant moitié morts de peur, alors qu'on entend juste quelqu'un, une voix de femme, dire, "Tu as vu, c'est joli ce qu'ils ont fait ici".

À leur retour, trois chasseurs sont à l'entrée de la ferme. Deux hommes et un jeune adolescent. C'est lui qui porte le fusil, ouvert sur son bras. Nous faisons ça ici, en dehors de la saison officielle, pour pouvoir prétendre en cas de contrôle qu'on n'est pas en train de chasser mais d'apprendre au petit à tirer. On entend le type de droite dire à Andrew, qui leur barre l'entrée, les bras croisés sur la poitrine :

— On s'en fout que ce soit pas la saison, c'est un nuisible et il est chez vous. Alors on va rentrer et on va l'abattre.

Le gamin semble ne pas en revenir de la tension qu'il y a dans sa voix, ce doit être son père, ils ont le même nez.

— Vous êtes chez moi, et je vous prie de repartir, répond poliment l'Américain, et son accent est légèrement plus prononcé que d'habitude.

Il est plus petit qu'eux mais on voit bien sa carrure de guerrier du Nouveau Monde, l'épaisseur de son torse, le carré de ses épaules, l'assise de son corps puissant qu'on dirait planté dans le sol.

Personne ne les a vus encore, ils n'arrivent pas par le chemin, ils ont choisi de couper par le sommet, et leurs poitrines se soulèvent dans le vent. Ils sont encore pantelants de leur course et un peu ivres de cette journée passée dans des lumières changeantes, au creux du monde, à arpenter le terrain des premiers maquis. Une déclivité leur cache la scène, et Louise s'alarme soudain. Ils se remettent à courir et quand ils peuvent de nouveau voir, Andrew a fait trois pas en arrière, l'autre a la main en avant comme s'il l'avait poussé. Les chasseurs s'engagent dans la pâture sur la gauche de la ferme, et Andrew pendant ce temps recule précipitamment vers la grange. Fiona n'est nulle part en vue. Ses pas sont vifs, bien plus vifs qu'ils ne les ont jamais vus, et sûrs, déterminés. Quelque chose dans la trajectoire de son corps dit l'efficacité, dit l'entraînement, dit les réflexes devenus une seconde nature, dit le progrès technique, dit la science des armes. Les chasseurs marchent lentement, on les croirait insouciants et de loin on peut percevoir comme un rire peu amène. Ils sont les seuls à ne pas se rendre compte qu'ils sont maintenant devenus des proies.

En l'espace de quelques secondes, Andrew a débarrassé un vieux coffre en métal de tout ce qui s'empile habituellement dessus. Des caisses d'outils et de matériel, des carreaux, des tuiles et des planches de bois. Il envoie tout valdinguer d'un sec coup de bras, ouvre le coffre vert et se retourne un pistolet-mitrailleur au poing. C'est une antiquité, comme on en voit dans les films. Il ressort de la grange et marche directement vers eux. Sa voix, sèche, claque :

— Messieurs, sortez de chez moi.

Le métal noir dans ses mains luit. Les chasseurs reculent, abasourdis et effrayés. Son visage à lui est égal, ni déformé par la rage ni coloré par le sang. C'est le moment où Éli et Louise arrivent enfin, leurs pas effrénés font voler la terre. Andrew soupire quand il les voit, accablé. Les chasseurs commencent à courir. Ils ont crié, un peu, vainement, sans force, mais maintenant ils se taisent tout à fait. L'un des adultes hoquette de peur et ils détalent. En passant, ils leur jettent des regards effarés, et celui de l'adolescent s'attarde sur Louise, sur l'ovale de son visage, sur ses longs cils, sur tout ce qui impressionne les très jeunes hommes, mais surtout sur la peinture rouge qui macule encore ses poignets et ses doigts.

— Tout ça pour un foutu renard, finit par lâcher l'Américain quand on entend enfin les portes claquer et le vieux 4×4 démarrer.

28

LAURENTIN

L'homme est gros, très gros, et depuis l'enfance la grosseur a toujours mis Laurentin mal à l'aise. Il l'a salué tout à l'heure, pour ne pas avoir à lui serrer la main, et maintenant il le regarde aller de long en large dans son bureau. Il regarde ses gros pieds surmontés de ses gros mollets et de ses grosses cuisses qui martèlent la moquette. Il ignore ostensiblement la chaise qu'on a tirée pour lui et du coup Laurentin non plus ne s'assied pas, il reste droit, presque au garde-à-vous. Il a bien conscience qu'il fait un grossier raccourci mais il associe viscéralement le surpoids à un laisser-aller, la graisse à un manque de discipline. Il s'attend à le voir éponger son front avec un mouchoir, il s'attend à ce qu'il sue, à ce que ses mains soient moites. Dans son costume anthracite, l'homme est pourtant parfaitement à son aise, inélégant mais parfaitement à son aise, et si sa voix est curieusement un peu féminine, il parle avec un débit de mitraillette.

"Capitaine, je vais essayer de récapituler parce que je crois, je crois que ça me dépasse un peu", lui dit le sous-préfet.

Il a bien fallu faire un premier puis un second rapport. Il a sagement attendu la convocation, qui n'a pas tardé. Il s'est rendu à la préfecture, une bonne heure de route pour vingt minutes d'entrevue, et encore, interrompue par un coup de téléphone, avec le préfet. Il sait, il a déjà vécu ça, il sait ce que l'appareil d'État ressent dans ses viscères quand les marges s'agitent. Il a désamorcé. Ses états de service parlent plus pour lui que ce qu'il peut bien avoir à raconter. Il le sait, il en joue un peu, il en rajoute dans le côté vétéran. Mais depuis, il y a eu les articles dans *Le Bien commun*. Deux premières brèves, insignifiantes, et puis ce localier qui est venu le voir, un tout jeune journaliste qui avait l'air tendre et un peu trop gentil. Il s'est dit que ce serait simple à désamorcer, mais ce Rozec n'a pas lâché l'affaire. Il a interrogé les élus locaux, les agriculteurs des gorges et de toute la vallée, il a fait le tour de la ville. Ringrave, l'adjoint du maire, en a évidemment profité pour le charger. Il dit dans le papier qu'on ne se sent plus vraiment en sécurité à Fond-du-Lac.

C'est l'adjoint du procureur qui l'a averti. Il lui a dit, "Capitaine, il ne manque plus grand-chose pour que ça les excite un bon coup là-haut". Et puis, il y a les photographies du journaliste. Il a pris les deux gros tags, mais il n'en est pas resté là, il s'est pas mal baladé. Il les lui a montrées sur son téléphone. Sur l'une, on voit la casse de Mortegoutte-le-Haut, là où tout le monde s'est entendu pour mettre les appareils agricoles au rebut, en se disant qu'on pourra toujours venir y chercher des pièces. Bien sûr, ça n'arrive quasiment jamais. Dupuis, le représentant en tracteurs, est un sacré fainéant. Il préfère commander les pièces et les vendre, cher, le plus cher possible. Il n'y en a que quelques-uns qui se traînent là-haut et qui fouillent dans les moteurs pour récupérer ce dont ils ont besoin. Sur le cliché, on voit des épaves de John Deere ou de Massey Ferguson, couvertes de rouille et en plein milieu une vieille nacelle. Elle est dépliée, à son maximum. Le bras l'emmène à huit bons mètres du sol. Bien sûr, elle est intégralement repeinte en rouge.

Ça a commencé sur son compte Instagram. Il a posté la photo avec un filtre, en noir et blanc, alors on ne se rend pas très bien compte, mais le APACHES s'étend bien tout en travers de la chaussée. Il lui a raconté, l'ahuri, que le lendemain matin il avait une bonne centaine de notifications. Le soir suivant, il approchait du millier. Depuis, la photo a été publiée sur le compte Facebook du journal. Et là c'est devenu la folie. Elle a été dupliquée, partagée, relayée, republiée. Il y a une sacrée foule de gens que ce mot excite, qui se reconnaissent dans cet acte. Toute une internationale de petits vandales, a pensé Laurentin. On la commente avec des photos de Geronimo, de Sitting Bull, des dessins de Blueberry même, avec de la poésie indienne et des chansons de Karen Dalton ou Buffy Sainte-Marie. Et puis un rappeur américain s'en est emparé. Un Indien blackfoot, auteur d'un disque intitulé *I Hate the Capitalist System*.

Voici donc le sous-préfet dans son bureau. Un homme assez jeune, qui sent encore l'école et les manuels de droit administratif, qui pianote sans arrêt sur son téléphone et qui dit Beauvau toutes les trois phrases, sans qu'on sache s'il a la trouille ou s'il veut laisser croire qu'il a ses entrées dans le saint des saints. Un bien beau bébé, pense Laurentin, bien sûr de sa force.

Il reprend :

— Donc, si j'ai bien tout bon, il y a un groupe d'illuminés qui se balade dans le coin et qui dégrade la voie publique et les propriétés des agriculteurs – certains militant à la FNSEA mais faisons comme si ça n'avait pas d'importance – avec des messages manifestement politiques, bien que cryptiques, elliptiques, disons. Là-dessus, les élus locaux semblent penser, mais ils vont me le dire, je les vois dans une heure, que vous ne tenez pas la situation, qu'ils vous ont averti de la présence de, je cite leurs courriers, “de rôdeurs, de vols et d’effractions depuis de longs mois”. Rajoutons à ça que vous avez été agressé par certains habitants, dont les fils de deux élus du conseil municipal. Rajoutons à ça que si j’en crois vos rapports, on est à une trentaine de voies de fait en six mois dans cette toute petite ville qu’est Fond-du-Lac, ça doit être le même ratio que Chicago ou Detroit. Bien sûr, pour parfaire le tout, le quotidien local en est à une demi-douzaine d’articles sur les dégradations et sur les agressions et on m’a averti – il pointe du doigt le téléphone qui paraît minuscule dans sa grosse paluche – qu’une pleine page récapitulative paraîtra lundi prochain dans l’édition régionale. Sans autre réaction de votre part que, je cite, “il n’y a aucun fait matériel permettant de faire le lien entre ces affaires, et la gendarmerie est pleinement mobilisée sur l’ensemble de ces enquêtes”. Le tout sachant que Beauvau nous a demandé de faire preuve de vigilance sur l’éventuelle résurgence de mouvements d’occupation issus de la mouvance anarcho-autonome dans les territoires les plus déshérités, et s’agissant plus particulièrement de celui dont vous avez la charge, de monitorer la présence d’individus sans attaches locales particulières, la présence ici il y a moins de deux ans d’individus ayant fait partie des commandos de novembre étant désormais établie. Et ce matin donc, un monsieur – il hésite – un M. Bonnafoux, parti à la renverse sur son quad, a été hospitalisé à la ville avec une commotion cérébrale et des blessures à la gorge. Est-ce que – il reprend son souffle – j’oublie quelque chose ? Bon, je m’occupe du conseil municipal, je vais leur expliquer un peu la vie. Mais vous – et au grand désespoir du militaire il lui enfonce son doigt dans l’épaule –, vraiment, vous me trouvez ces idiots qui jouent aux artistes, et vite, d’accord ?

— Facebook, monsieur le sous-préfet, vous oubliez Facebook, lui répond Laurentin qui l'a laissé finir sa tirade, et il tourne son écran d'ordinateur vers lui.

La porte claque, Laurentin prend son siège et fait défiler sur ton téléphone celles des photographies que le journaliste a bien voulu lui envoyer. Il aime bien celle du cerf-volant, et celle du tracteur dont la vitre avant est intégralement obstruée le fait un peu sourire. Sa préférée, il croit que seuls le journaliste et lui sont au courant, a été prise au sommet de la montagne de la Dent. Lui est tombé dessus un dimanche matin, avec les chiens. Ils ont écrit APACHES, mais pas directement sur le sol. Ils ont utilisé des pierres, des dizaines et des dizaines de galets bien ronds qu'ils ont probablement récupérés dans le lit des rivières et qu'ils ont peints. Ça aurait plu à Jeanne. Le résultat est, il faut bien l'admettre, saisissant. Et puis enfin, il y a la plus inquiétante. Le *modus operandi* est exactement le même que sur la D724 mais à l'opposé, près du hameau de Forcaldier. Là aussi ils ont peint sur le bitume mais cette fois ils ont écrit TERRITOIRE APACHE et c'est agrémenté d'une ligne qui barre la route sur toute sa largeur. Une frontière. Une déclaration de sécession.

— Celle-là, elle peut faire mal, dit-il à haute voix.

La nouvelle lieutenante, une très grande blonde d'ordinaire impassible, frappe à sa porte. Il l'aime bien, parce qu'elle est calme et que Laurentin en est venu à priser cette qualité par-dessus toutes les autres. Seulement là, manifestement, ce qu'elle a à lui dire est urgent. Derrière elle, il devine assis sur le fauteuil du couloir un jeune garçon d'une quinzaine d'années. Il n'a pas de mal à le reconnaître, c'est l'un de ses petits footballeurs, c'est celui qui a du ballon. Il ouvre la porte, il voit dans ses yeux quelque chose d'une bête effrayée et il lui dit le plus doucement possible, “Entre, Quentin, s'il te plaît”.

29

ÉLI

Ce qu'ils voudraient tuer n'a pas de nom. Ce qu'ils tuent, par conséquent, c'est le temps. Ils ont bondi et chaviré, grimpé et dévalé, sauté et ri. Ils ont, encore une fois, fait leur chemin à travers bois. Leurs mains se sont attardées sur les troncs. Leurs paumes ont tâté de l'écorce. Leurs doigts ont joué à attraper la lumière à travers les ramilles. Ils ont inspiré l'odeur mouillée de la forêt, l'odeur putride du sous-bois, l'odeur majestueuse du bois vivant.

Ils ont l'air d'adolescents qui n'auraient jamais perdu le sens du jeu.

Pourtant, alors qu'Éli se penche sur l'arc en carbone, un pied sur la poupée, la corde entre les dents, il a les yeux qui glissent sur les jambes de Louise, les longues jambes de Louise, de Louise tout entière étendue dans l'herbe, à quelques pas de lui, de Louise pas seulement posée sur le sol mais accueillie en son sein, l'herbe qui lui caresse le dos, la mousse qui lui fait une auréole. Ses bras se tendent vers l'arrière. Ses pointes de pied se tendent vers l'avant. Elle s'étire, c'est son corps qui s'étire tout entier et Éli pourrait jurer que de sa vie il n'a jamais vu ça.

Pourtant, alors qu'Éli se penche sur l'arc en carbone et pèse de tout son poids, et son poids c'est pas grand-chose, c'est le poids d'un cerf-volant de Chine, mais c'est suffisant pour que les deux branches de l'arc se plient et qu'il puisse engager la corde, le nœud de la corde dans la poupée, alors qu'Éli se penche, il accueille le chant que Louise lance pour eux seuls. Pour eux seuls et pour la vie qui fourmille tout autour. En plein soleil, elle est allongée sur le dos alors le chante monte, il ne se répand pas, il monte tout droit.

The first time ever I saw your face
I thought the sun rose in your eyes
And the moon and stars were the gifts you gave
To the night and the empty skies, my love
To the night and the empty skies

Il reconnaît la chanson, parce que ses derniers jours, elle l'a souvent écoutée. Elle avait fouillé, comme chaque soir, dans l'immense armoire remplie de disques. Elle avait ouvert les deux portes massives en chêne et elle avait parcouru la collection d'Andrew, tout ce que l'Amérique du siècle passé avait compté de bardes, classés par ordre alphabétique. Avec quelques entorses. Neil Young à la suite des Crosby, Stills Nash & Young. Bob Dylan à la lettre B pour être avant les Byrds. Elle sentait une forme de révérence à sortir les vinyles de leur pochette puis de la seconde pochette, qui n'a pas de nom en français mais qu'Andrew appelle l'*innersleeve*, une simple pochette en papier avec un trou rond au milieu pour laisser voir l'étiquette. Elle sentait encore une forme de révérence quand il fallait les poser, sans mettre les doigts dessus, sur la platine vinyle. Puis baisser le bras, délicatement. Cela lui semblait important de procéder comme ça, que la musique n'apparaisse pas comme par magie, d'un claquement de doigts, mais qu'elle soit née d'un mouvement mécanique qu'elle pouvait même regarder. Le diamant se posant dans le sillon, le bras oscillant légèrement pour rester au contact de la surface du disque phonographique, le diamant qui progresse le long de la spirale d'Archimède que forme le sillon, et à la fin de la face, le diamant qui tourne à l'infini dans le lock-groove.

Elle ne connaissait rien à ces chanteurs quand elle est arrivée là, mais elle a vite senti qu'il y a chez eux quelque chose qui place la vie sauvage plus haut que la ville et le labeur plus haut que l'héritage. La sincérité plus haut que la virtuosité. Elle commence à comprendre qu'il y a plus à trouver dans cette pureté-là, bancale et désordonnée, parfois grinçante, que dans la joliesse.

Et puis elle est tombée sur cette pochette de disque. Un cadre jaune, le nom de cette femme en lettrage blanc, Roberta Flack, le nom de ce disque en lettrage rouge, *First Take*. Première prise. Une promesse de spontanéité. Et l'image de cette chanteuse, une Noire seule au piano qui semble se retirer en elle-même, les mains qui plaquent un accord mais vraiment, en vérité les mains qui fouillent au fond d'elle-même. Un contrebassiste la suit des yeux, au fond, mais elle ne le voit pas, elle ne voit que ses mains qui fouillent au fond d'elle-même. Elle est entourée mais vraiment, en vérité elle est seule au fond de ce cabaret, seule coincée entre le mur en bois et le piano, seule sous la lumière rouge. Il suffit d'écouter sa voix, c'est la femme la plus seule du monde. Louise a parcouru les notes imprimées à l'intérieur de la pochette, elle les a égrenées, elle y a cherché une révélation, mais le mystère de cette voix est resté entier. Elle sait bien maintenant que cette femme, que Roberta Flack, dans sa chemise noire parcourue de motifs floraux violets, n'était pas seule. Elle sait qu'autour d'elle il y avait Ron Carter à la contrebasse, elle ne sait pas que Ronald Levin Carter jouait pour Miles Davis. Elle sait qu'autour d'elle il y avait Ray Lucas, Seldon Powell, Frank Wess, Charles McCracken, George Ricci, Benny Powell, Jimmy Nottingham, Joe Newman, Emanuel Green avec un seul *m*, Gene Orloff, Alfred Brown, Selwart Clarke et un homme nommé Theodore Israel, elle a lu tous ces noms mais elle ne sait rien de ces gens. Ce qu'elle sait, c'est le mystère de cette voix, de la voix de la femme la plus seule du monde, de la voix de la femme la plus seule du monde qui chante la première fois qu'elle a vu le visage de cet homme, la première fois qu'elle a embrassé le visage de cet homme, la première fois qu'elle s'est allongée près du visage de cet homme.

À partir de là, dès qu'elle en a l'occasion, elle cherche sur le sillon le début de la deuxième piste de la deuxième face et, dès qu'elle en a l'occasion, elle y revient. Elle laisse la chanson entrer en elle, elle la laisse déposer peu à peu ses sédiments, ses alluvions, elle laisse la chanson faire de son corps le lit d'un fleuve. Elle laisse la géologie faire son œuvre. Et voilà, c'est ce jour-là, allongée dans l'herbe, le soleil au mitan, les cheveux dans la mousse, la tête tout entière dans l'herbe et les jambes qu'elle tend l'une après l'autre comme on essore un linge, c'est là que la chanson ressort. La chanson ressort de son corps, de son ventre souple et de sa gorge de moineau. Et Louise met ces mots-là sur sa langue à elle, elle dit avec sa voix sa solitude à elle.

Pour Éli, c'est comme s'il voyait sa colère s'évaporer dans l'air. Sortir de sa bouche comme la vapeur qu'exhale parfois le sol au petit matin. Il n'en finit pas de la regarder, l'arc maintenant bandé et posé sur le sol pendant que de son paquetage il sort le petit carquois qu'il accroche à sa ceinture et la poignée de flèches noires qui va avec. Il la regarde encore quand il se tourne vers la porte de la grange abandonnée qui leur fait face, ses lourdes portes en bois gonflées d'humidité, ses murs à moitié mangés par les ronces et par les arbrisseaux qui ont pris racine contre ses flancs, les trous noirs de ses fenêtres. Il la regarde encore quand il s'éloigne un peu pour mettre une vingtaine de mètres entre lui et la grange. Il la regarde encore même quand il ne la regarde plus et que son regard se porte à hauteur de la flèche encochée sur l'arc. Il la regarde encore même quand il ne la regarde plus et que ses doigts, contre son menton, juste au-dessus de son menton, collés contre l'infime espace entre le menton et la joue, relâchent la corde. Il la regarde encore alors que son regard suit la flèche qui vole, qui vole et qui vrille et qui se fiche dans la porte vermoulue. Il ne sursaute pas au bruit que fait l'impact. Louise ne sursaute pas non plus. Elle termine sa chanson, et il encoche une deuxième flèche.

Un froissement dans l'herbe les fait se retourner. La jeune femme roule sur le ventre. Le jeune homme se retourne comme s'il avait été piqué. C'est une vieille femme sur un étrange engin, le croisement entre un fauteuil de handicapé et une tondeuse à gazon. Elle est juchée là et comme retenue par une double rangée de ceintures de sécurité. Elle paraît si maigre qu'autrement la pesanteur ne saurait la retenir et le vent aurait vite fait de lui faire du mal. Elle n'a pas l'air méchante, plutôt perdue, les sourcils froncés dans une mine de déplaisir, des poils blancs s'échappent sur ses joues et tout dans son accoutrement dit la négligence. La négligence et la solitude. Au début, on ne comprend pas ce qu'elle dit car ses dents ont commencé à tomber, au début dans ses rêves et maintenant elle en retrouve le matin sur son oreiller, tout ensanglantées, parfois noircies. Elle porte une polaire par-dessus ce qui semble être une robe de chambre et, quand le vent tourne, une odeur fermentée se dégage d'elle. "C'est chez moi", dit-elle, et elle le dit trois fois, en insistant, elle a une petite canne en plastique gris qui pointe tour à tour la grange, les bosquets et le champ. Dans ses prunelles il y a quelque chose de farouche, quelque chose qui s'accroche à la vie, à la terre et à la vie. Elle n'arrive pas bien à prononcer le "ch", et elle répète, pour être claire, "C'est à moi". C'est tout son corps qui se tend quand elle dit ça, pas seulement sa bouche pincée mais tout son corps, jambes tordues, bras amaigris, cheveux filasse, ventre gonflé, qui expectore sa colère.

Louise s'est levée, d'un mouvement fluide elle a bondi sur ses deux pieds. Éli n'en finit pas de la regarder. Louise s'est levée et elle s'avance vers la vieille chose, les mains levées en signe d'apaisement. C'est comme si elle avait senti d'instinct tout ce qu'il y a à savoir de cette femme, les humeurs nocturnes, la solitude qui rend fou, le fils qui ne vient jamais quand il a dit, la bru qui insiste pour la maison de retraite, l'infirmière qui pique mal, l'employée de maison qui fait vite et qui grommelle et qui croit qu'elle est la seule qui voudrait être ailleurs, les odeurs dont elle ne parvient pas à se débarrasser, les odeurs qui enveloppent tout et s'agrippent et font leur lit dans chaque pli de sa maison et de son corps, l'étage de la maison qui ne lui est plus accessible, les journées occupées à compter le nombre de voitures qui passent sur la route, jamais plus de sept, la nouvelle télécommande de la télévision qui lui est incompréhensible, les douleurs dans ses jambes, le poids de ses jambes, sa peau qui la démange, qui est devenue une adversaire et une menace, les parties de son corps qu'elle ne parvient plus à voir ou à toucher, elle est certaine que c'est par là que la pourriture gagne, le bruit ténu du petit moteur électrique de son fauteuil qu'elle en vient à haïr plus encore que ses enfants absents. Et les photos qui sont là-haut dans le tiroir dans la chambre du mari mort et qu'elle ne peut demander à personne d'aller chercher parce qu'elle veut que personne ne les voie. La photo prise le premier jour après leur mariage, dans les ruines du château des Mercœur, et leurs sourires discrets, qui disent qu'ils ont bien l'impression de n'être pas trop mal tombés mais qu'on n'en fera pas pour autant tout un spectacle. Leurs corps qui y sont si forts, si droits, la vigueur perceptible de ses bras à lui, les dents dans son sourire à elle. Le souvenir de ce temps où elle savait qu'au village on disait d'elle qu'elle n'avait pas reçu sa part du sang mauvais de sa lignée, qu'elle n'était pas comme sa mère, pas comme ses tantes, qu'elle était gentille, elle, et que ses enfants seraient comme elle.

Éli n'en finit pas de la regarder, Louise qui parle doucement et qui s'excuse, qui acquiesce et qui dit, "Bien sûr qu'on va partir tout de suite, on ne savait pas, on faisait juste une petite pause, on veut monter à la montagne de la Dent". Elle regarde la vieille femme dans les yeux et voilà même qu'elle l'aide à retourner sur le chemin, elle pousse son fauteuil hors d'une petite ornière, elle la salue de la main et elle ne se rend pas compte pourtant que tout ce que la vieille femme voit, c'est l'arc d'Éli et la flèche encochée qu'elle croit pointée vers elle.

Éli n'en finit pas de la regarder, il essaie de réconcilier toutes les images qu'il a d'elle. La jeune femme qui chante allongée dans l'herbe, la fille attentionnée qui entend désamorcer toutes les colères, la guerrière éructante qui foule aux pieds le corps de ses ennemis.

30

LOUISE

C'est la fin du matin. Pour une fois, ils ont tardé. Pour cette fois, ils ont pris par le haut, à travers champs et vers la montagne. Elle est aux aguets, comme elle l'est maintenant en toute chose. De moins en moins biche, de plus en plus louve. Sur le qui-vive, plus vivante que nous, ses yeux ont fouillé la terre et éconduit le ciel. Il la suit, il la suivra toujours maintenant qu'il a pris goût aux vents qu'elle soulève dans son sillage.

Ils tournent et se détournent de tous les chemins trop évidents. Ils plongent toujours plus loin au cœur des arbres. Ils virent dès que se pressent quelque chose qui rappelle la présence humaine. On ne saurait trop dire ce qu'ils cherchent, mais ils avancent courbés en deux, un bâton à la main, comme des sourciers à moitié aveugles. Ils ont des allures de chercheurs d'or, des vêtements, qu'on dit techniques, dépareillés, des guenilles presque, et puis des yeux pleins de soif qui ne s'arrêtent pas aux apparences, qui discernent des flux, des épanouissements, des essors. Qui guettent des épiphanies. Ils ont des allures d'éclaireurs. Ils échangent des signes et des avertissements. Ils prennent garde à ne rien trahir.

Mais c'est quand le son du moteur vient les trouver, eux directement, aussi sûrement que s'ils avaient été pris au lasso, c'est là qu'ils prennent enfin leur vrai visage, le visage de ceux qui résistent, de ceux qui dans l'ombre en silence attendent l'ennemi parce que de tout temps l'ennemi est venu et de tout temps, dans l'ombre en silence, l'ennemi a été assailli.

Le son du moteur naît d'un coup quelque part au-dessus d'eux. C'est une injure et une plainte. C'est une menace et un aveu. Éli a déjà quitté le sentier et, derrière le tronc massif d'un hêtre dont les racines, dans la pente, sortent de terre et dessinent des motifs d'ossuaire préhistorique, il s'est fait invisible, fantôme, esprit secret.

Mais Louise, Louise avec sur les lèvres quelque chose qui hésite entre le cri et le sourire, Louise avec dans ses épaules quelque chose qui professe la lutte, Louise est restée en plein milieu de la piste. Déjà on entend l'engin qui rebondit de trou en trou, qui écrase de ses roues tout ce qui ici pourrait avoir l'envie de se dresser, qui rugit quand un obstacle résiste. Déjà on entend l'engin sans rien entendre de l'homme qui le chevauche. Il ahane peut-être, il sue et souffre et vibre à chaque nouvel à-coup, mais c'est la machine qui parle pour lui. C'est le moteur qui parle pour lui. C'est le grincement de l'essieu qui dit tout de lui. Éli le voit dans le sentier juste au-dessus, il ne discerne de lui qu'un casque et une sorte de combinaison rapiécée qui pourrait passer en plein jour pour l'armure d'un pilote. Encore deux tournants et le quad sera sur eux, pourtant Louise ne bouge toujours pas. Ses yeux ne cherchent pas Éli, ne cherchent pas d'abri. Ses yeux cherchent des armes. Ses yeux passent de pierre en pierre pour y déceler des projectiles. Ses yeux cherchent dans le bois mort de quoi faire des pieux, des javelots, des pièges qu'elle voudrait mortels.

Encore un tournant. Le pilote avance péniblement et de ses pneus éventre la terre. S'il venait à tourner la tête, à détourner le regard de son guidon, il la verrait, il verrait ses cheveux de feu qui sortent de sous un foulard bleui noué comme un fichu d'Indien, il verrait la croisade qu'elle proclame comme on récite une incantation, il verrait les entailles sur ses doigts gourds, il verrait les marques de la guerre sur son visage. Il sentirait la peur naître en lui, une nuance de peur inconnue et nouvelle, de celles qui ne s'embarrassent pas de prendre un visage civilisé.

Mais il ne lève pas les yeux. Il ne lève pas les yeux et soudain, alors que dans le virage il s'engage, Louise s'élance et se cache elle aussi dans la pente, juste de l'autre côté du sentier, juste en face d'Éli. Son regard est un harpon. Elle ne le laisse plus bouger. Elle fouille dans son sac et lui lance une corde.

Maintenant la corde les rattache l'un à l'autre. La corde va de la main gauche d'Éli à la main droite de Louise. La corde sillonne le sol.

Et elle le regarde encore. Il lui semble loin le temps où elle se méfiait de lui, le temps où elle l'aurait empêché de frapper.

La corde les rattache l'un à l'autre. Louise tire un peu dessus, elle en éprouve la robustesse. La corde sillonne le sol.

Et elle le met au défi ou lui adresse une prière, il ne sait plus car son visage change à chaque instant, dans l'ombre en silence.

La corde les rattache l'un à l'autre. Éli raffermit sa prise. La corde zèbre le sol.

Et la machine se rapproche encore. Elle pétarade et ils sentent ses humeurs sur leur peau, ils sentent presque son souffle et son odeur, pétrole et plastique fondu. Et enfin, au moment où le quad arrive à leur hauteur, son visage s'adoucit en un instant, son visage redevient celui de cette fille qui n'avait pas connu la guerre, la fille des petites robes à fleurs, la fille des temps enfuis.

Elle compte sur ses doigts et à "trois", ils lèvent la corde d'un coup sec, d'un coup franc, d'un coup décidé. L'homme qui est sur le quad ne la voit pas venir, la corde qui vole jusqu'à son cou, la corde qui lui prend le cou. L'homme tombe à la renverse dans un cri, un gargouillement informe, pas même un cri de surprise, et le quad sans pilote part à la renverse.

Le son de la machine meurt. Ses roues ne labourent plus que le vide.

Éli et Louise se redressent. Éli et Louise laissent la corde derrière eux. Ils se relèvent et repartent vers les profondeurs de la forêt. Sans sourire et sans un soupir, sans se quitter des yeux, sans un regard derrière eux. Mais voilà qu'ils ont fait une centaine de mètres et que le gémissement de l'homme, à moitié conscient, les arrête. Brusquement elle repart en arrière. Elle se dresse au-dessus de l'homme, la barre de ses sourcils lui dessine un front de sorcière. Et en sorcière, elle le marque, elle lui renverse un pot de peinture rouge dessus, sur ses lunettes et sur son casque et sur son attirail de pilote. Elle le couvre de rouge, et pour un peu il a cru qu'elle allait lui cracher dessus et que son crachat serait rouge, lui aussi.

À ce moment, elle regarde Éli comme si elle voyait son visage pour la première fois. Et lui se rend compte que tout ce qui la retient parmi eux, c'est lui.

31

LISON

La veille au soir, Lison a fondu en larmes. Elle s'était réveillée avec le sentiment très net que la tristesse refusait de relâcher son emprise. Elle avait tenu toute la journée, pourtant, au gré de ses quelques visites. Elle avait patienté au cabinet, l'avait briqué de fond en comble encore une fois. Le jour n'avait pas été particulièrement chargé en rendez-vous mais elle sait que ça va se remplir. Le téléphone, ces temps-ci, n'arrête pas de sonner. Même le capitaine a appelé, moitié pour la tenir au courant et moitié pour prendre un rendez-vous. Il dit que c'est pour son poignet mais aussi pour son genou.

C'est le soir qu'elle a cédé. Il avait fallu batailler avec les garçons, et se rendre à l'évidence qu'au tout début de leur existence les enfants n'ont aucune indulgence. Elle a refermé la porte de leur chambre, pour la cinquième et dernière fois, en proférant des menaces exténuées, en répétant mécaniquement qu'il n'était plus l'heure d'aller aux toilettes et qu'il fallait dormir maintenant. Elle s'est servi une bière et s'est effondrée dans le canapé, au moment où Céline revenait du potager avec une salade fraîchement coupée, son regard noir surnageant dans la mouillure verte du soir venu.

La jeune femme a pris sa guitare. C'est là que les digues ont rompu. Elle chantait merveilleusement bien. Cela avait même été un temps son métier.

Starry, starry night
Paint your palette blue and gray
Look out on a summer's day
With eyes that know the darkness in my soul

Shadows on the hills
Sketch the trees and the daffodils
Catch the breeze and the winter chills
In colors on the snowy linen land

Elle chantait d'une voix profonde et terrienne, une voix qui vous agrippait doucement mais fermement, qui pouvait sans doute vous empêcher de tomber mais qui pouvait aussi vous égrener calmement la liste de tous vos regrets. Et c'est là, au moment des ombres sur les collines, que les larmes sont venues. Cécile a continué sa chanson, le visage penché vers la rosace en palissandre de son instrument, et sa voix a fouillé en elle, a mis au jour chacun de ses petits trésors et chacune des poches de tristesse qu'elle planquait sous la surface de sa peau.

Elle lui a précisé, “C'est une chanson sur Van Gogh”. Et puis elle lui a chanté d'autres chansons, parce que d'un regard, entre deux reniflements, son amie lui a fait signe de continuer. Des chansons de liberté, des chansons lentes, des chansons comme des prières qui formulent l'indicible et lui rendent sa liberté.

Elles n'ont rien mangé, et plus tard, dans la nuit, comme Lison finalement partie se coucher allongée pleurait encore, elle a entendu la chanteuse s'approcher doucement, entrouvrir la porte et s'allonger près d'elle.

C'est blottie dans ses bras que Lison a fini par trouver le sommeil, et toujours dans ses bras qu'au petit matin, la chambre emplie d'une odeur nouvelle, inconnue, plus forte que ce qu'elle avait imaginé, elle lui a dit :

— J'aimerais bien qu'on aille voir la petite Louise.

— Alors allons-y, lui a répondu la voix.

32

LAURENTIN

La veille, le capitaine a compris dès que le portail en fer forgé a couiné sur ses gonds que quelque chose n'allait pas. Les deux braques ont levé les yeux, leurs yeux si clairs et si bleus, leurs yeux qui lui avaient révélé les secrets de la montagne et qui avaient aplani sa mélancolie, mais ni l'un ni l'autre ne sont venus vers lui. Frison, le plus grand des deux, s'est levé et l'a regardé fixement, sans quitter le flanc de son compagnon. Roche a à peine bougé. Sa vie s'en allait petit à petit.

Il l'a chargé à l'arrière de la voiture. Frison s'est allongé contre lui. Il a conduit en silence à travers cette résidence aux airs encore neufs le kilomètre qui le sépare du vétérinaire, en espérant qu'il n'a pas été appelé à l'autre bout de la vallée pour un troupeau ou un autre. L'homme aux cheveux gris était bien là, et il avait l'air las de ceux qui commercent avec la mort.

Il a fallu s'y mettre à deux pour porter le vieux chien à l'intérieur. Il a fallu tenir Frison, l'attacher dans la salle d'attente déserte et endurer ses petits jappements plaintifs. Il a fallu hisser Roche sur la large table, et soutenir son regard en lui caressant la tête pendant que le vétérinaire le piquait au flanc.

“Au revoir mon ami”, a dit le capitaine et il pleurait. L'autre homme s'affairait, lui tournait délibérément le dos pour ne pas le gêner. Le militaire s'est penché sur son compagnon, a déposé un unique baiser sur le front encore chaud de la bête aux yeux clos. Des réflexes soulevaient encore sa cage thoracique, mais le vétérinaire est revenu avec un stéthoscope écouter son cœur et lui a dit, "Ça y est, il est parti". Dehors, les gémissements se sont tus.

Il a encore fallu remplir des papiers, et payer l'euthanasie et l'incinération. Puis ressortir, détacher Frison qui s'était blotti contre un des murs, rentrer dans cette maison à moitié vide désormais habitée par son premier fantôme. Il a encore fallu essayer de dormir, alors que le chien pleurait dans son sommeil, alors que défilaient dans sa tête les détails des préparatifs pour le lendemain qu'il a soigneusement communiqués à tous les gendarmes concernés, alors qu'il se remémorait les marches là-haut dans l'air le plus pur qu'il ait jamais connu, au-dessus des nappes de brouillard, dans le givre comme dans la lumière de la fin de l'été, un chien à sa droite et un autre à sa gauche, deux flèches grises qui fouillaient la campagne.

Il n'est pas repassé par la gendarmerie. Il a décroché le téléphone au troisième appel. "C'est Dupuis et Ringrave", lui disait l'adjudant-chef de permanence. "Ils viennent de rentrer de l'hôpital, ils sont remontés comme pas possible." Laurentin a promis de les recevoir le lendemain, puis il a entrepris de nettoyer son arme. L'intervention sera terminée d'ici là, se dit-il. Avant que quiconque ne s'en rende compte, lui et les meilleurs de ses hommes auront eu le temps d'aller jusqu'à la ferme de Cézerat, d'appréhender les deux suspects et de les ramener à la gendarmerie, autant pour mettre un terme à leurs agissements que pour leur propre sécurité.

Au petit matin, bien avant le lever du soleil, les hommes se sont levés en silence, ont enfilé leurs uniformes le plus discrètement possible, et ont gagné leurs véhicules sans faire de bruit. Ils ne repassent pas par la caserne. Ils ont rendez-vous devant l'embranchement qui mène aux gorges de la Brume. Leurs phares ont commencé à trouer l'obscurité avant que le soleil ne s'en charge, effrayant çà et là quelques bêtes nocturnes sur le chemin du terrier et du nid.

Leur capitaine les y attendait. Il a vu sur leurs visages graves les reflets bleutés de la nuit, mais il a décidé de n'y lire aucun présage. À ses côtés, le vieux Daumard est sorti de sa récente retraite. Il a mis ce qui ressemblait le plus à un uniforme, un pantalon marron et un gros pull kaki avec des épaulettes. Le silence est total, sauf pour la légère vibration des moteurs, les cinq voitures de patrouille arrêtées les unes à côté des autres sur le bas-côté pendant que les hommes font cercle autour d'une carte de l'IGN. Puis ils ont enfilé leurs gilets pare-balles et se sont fait passer les armes d'assaut que le capitaine sortait du coffre. Dans l'air, l'odeur du chrome se mêlait à celles du mucus et de la mousse.

33

ÉLI

Le soir, après le dîner, Andrew appelle Éli et lui demande de le suivre dans la grange. Ils passent la première partie du bâtiment, celle dans laquelle il range ses outils, où tout est bien ordonné et gagnent le fouillis du fond, là où Éli a trouvé certains des vieux vêtements en laine qu'il porte. Il va directement vers une bâche qu'il soulève pour en sortir deux lourds coffres qu'il faut traîner sur le sol. Il s'accroupit et marque un temps. Et puis il ouvre, il doit forcer un peu et, quand il secoue le coffre, on entend du métal qui s'entrechoque.

Les coffres sont frappés à l'intérieur de drapeaux américains et anglais à moitié effacés. Ils sont pleins d'armes. Des pistolets-mitrailleurs comme celui qu'il a brandi l'autre jour et comme on en voit dans les films. Ce sont des Sten, avec leur chargeur latéral et leur crosse creuse, fabriqués dans l'arsenal royal d'Enfield en Grande-Bretagne pendant la guerre. "On dit tubulaire", lui précise Andrew. Il faut à Éli en tenir un pour se rendre compte que ce ne sont pas des accessoires de cinéma. Au contact, le métal est froid et lisse.

— On en a parachuté plein, pour armer la Résistance. Ils étaient légers, plus légers que les armes allemandes, et à peine moins puissants. Parfaits pour la guérilla. Le problème, c'est qu'ils s'enrayaient souvent.

Andrew veut lui montrer quelque chose et il se saisit de l'un d'entre eux, et à cet instant précis le véritable savoir-faire de ce vieux bonhomme aux cheveux blancs lui saute aux yeux, l'art dont ses mains sont capables, ce n'est pas la menuiserie ni la plomberie ni la ferronnerie, c'est le maniement des armes. Il épaule, et il lui dit :

— Tu vois, dans les films, ils les tiennent par le chargeur comme ça, *yeah?* Eh bien c'est le meilleur moyen de l'enrayer… Quand les maquis ont été démobilisés, on leur a demandé de rendre leurs armes. Ce qu'ils ont fait, c'est qu'ils les ont graissées et qu'ils les ont enterrées. Et puis ils sont morts, les résistants, et avec eux le secret de ces caches. À une époque, en marchant et en faisant des travaux, j'en trouvais tout le temps. J'ai rassemblé tout ce que j'avais trouvé. Il y a quelques armes allemandes, aussi dans le lot, et des modèles plus rares, un Tokarev, un pistolet soviétique, je ne sais pas comment il a atterri ici.

Il sort une grenade à manche, la regarde dans la petite lueur électrique qui éclaire cette conspiration. Il dit qu'on surnommait ça le presse-purée. Il doit voir la question dans les yeux d'Éli, parce qu'il la repose et enchaîne.

— Fiona et moi, nous devons partir. Rentrer au pays. Tu t'occuperas de tout ça, n'est-ce pas ? Peut-être que ça doit aller dans un musée.

Ils ressortent à l'air libre sous un ciel de fête. Fiona est à l'entrée, minuscule. Louise juste derrière elle, et les étoiles éclairent moins la nuit que ses yeux chavirés. À l'entrée de la ferme, deux énormes voitures blindées noires attendent, leurs moteurs ronronnent à peine plus fort que la rivière. Un soldat américain, en uniforme immaculé, est posté deux mètres devant elle. Il salue quand Andrew s'approche.

Le couple prend place dans la première voiture, et adresse à ses deux protégés un maigre au revoir le temps que les vitres teintées remontent et les cachent à leur vue. Et en quelques secondes, les voilà tout à fait seuls.

34

JEAN

On avait dormi au plus près des bêtes. Billie, l'une des génisses, une salers de presque trois ans, allait vêler pour la première fois. Inutile d'appeler le vétérinaire, avait décidé Patrick, parce que tout se présentait bien et parce que l'animal était robuste. Il l'avait veillé, il avait causé lentement, en choisissant bien ses mots, de sa robe rousse et de son pas fier. Vers le milieu de la nuit, il avait rejoint son frère, allongé dans un sac de couchage contre le mur sud de l'étable. Pas pour cette nuit, il avait dit. Sans doute demain.

Ils avaient joué au jeu de leur enfance, un jeu ancestral, un jeu d'un autre âge. Ils avaient récité, de mémoire et à tour de rôle, la lignée de tout le troupeau. Jonquille, Étoile, Pijo, Cornette, Lomi, Banouno, Brune, Calaudo, Alouette, Foutsa, Bardette, Puce, Fauvette, Bichon, Dauphine, Ousardo. Pour chacune, Jean savait avec certitude que, même là où la mémoire lui faisait défaut, Patrick aurait le souvenir exact, et de la robe et du caractère.

Jean ne dormait toujours pas quand quelques heures plus tard il a entendu le bruit ténu des moteurs sur la route d'en bas. De là où il était, il n'a pas su compter les lumières, mais il était sûr qu'ils étaient nombreux.

À peine s'est-il soigneusement sorti de son couchage que Patrick a ouvert les yeux et sans poser de questions s'est levé à son tour. Les deux frères ont pris par le milieu des bois, en descendant droit devant eux dans le noir, celui de devant muni d'une petite lampe frontale. Leurs pieds sûrs et leurs chevilles souples connaissent le moindre creux, la moindre racine, la plus petite déclivité de cette terre qui leur a été léguée et ils avancent en silence, leur présence seulement annoncée par de petits craquements de bois mort.

Sur la route, ils ont trouvé un homme jeune, le front ensanglanté et l'œil droit noirci, assis contre une petite voiture dont les pneus avaient été crevés.

35

ÉLI

Bien sûr qu'ils connaissent le goût de la cendre. Et bien sûr qu'ils aiment ça.

Ils n'ont jamais vu dans le monde autre chose qu'une succession de brasiers. Et en toute franchise, tout ce dont ils rêvent désormais c'est d'allumer les leurs. Ils savent faire partir un feu avec trois fois rien, l'envie qui loge dans leurs yeux soulignés de suie, la colère qui leur tire-bouchonne les entrailles, les couteaux qu'ils ne lâchent plus jamais.

Bien sûr qu'ils ont peur des ombres. Et de la pluie. De la neige, des lions, des adieux, de certains regards, du bruit de leurs os dans le vent glacé, du grand ciel vide qui les écrase quand ils dorment dehors.

Mais il lui redit, à cette petite sœur, ce petit rapace fait femme, cette cavalière qui a pourfendu l'hiver, il lui redit à la lueur des bougies, “Regarde-moi bien, regarde-moi droit dans les yeux : nous savons faire partir un feu”.

Là où ils vont, ils vont seuls. Le chemin n'est qu'ombre, ombre et fumées. Ils iront seuls et ils ne peuvent pas emporter grand-chose. Ils n'emmèneront que le souvenir d'ici, ils se sentiront sans doute démunis et pauvres, mais ils façonneront leurs propres torches.

Ils ont marché, ils savent marcher. Franchir et dépasser. Ils savent dire au revoir, tourner le dos, abattre les murs et grimper aux arbres. Ils savent lire le ciel, suivre les signes et chasser tout ce qui peut être chassé, les nuages plus que les lièvres. Alors au diable les vautours qui les suivent sur cette vieille route. Ils les feront griller. L'apocalypse vient, c'est à eux de la chanter.

36

LAURENTIN

On vient d'éteindre les phares et on conduit doucement, sans faire de bruit. La lumière point, même si les sous-bois restent impénétrables. Au détour d'un tournant, trois silhouettes dont une à terre en plein milieu de la chaussée. Les voitures pilent, les hommes sortent rapidement, harnachés pour maintenir la paix.

L'un des hommes a un mouvement de recul, mais on le connaît ici, on sait que le petit frère Couble est un peu simplet. Au sol, c'est le journaliste qui gît encore sonné. En quelques mots, il raconte le bruit des moteurs qui l'a tiré de son sommeil, les pick-up qui prenaient la route, les phares qui se succédaient et qui tournaient tous dans la même direction. Un rapide coup d'œil à sa montre lui a indiqué qu'il était bien trop tôt, même pour la chasse. Il s'est habillé à toute vitesse et a pris sa voiture pour les suivre.

Quelques kilomètres plus loin, ils l'ont vu et se sont décidés à l'attendre. Il y avait Ringrave, Dupuis, Ourseyre et tous les autres. On lui a donné du "gratte-papier" et on l'a bourré de tapes dans le dos. Puis par surprise l'un des plus jeunes lui a mis un coup de tête, et a abattu son énorme main sur sa tête. Un vieil homme a joué de son couteau sur les pneus.

Laurentin regarde au loin, se demande comment il a pu se faire doubler. Il tremble, imperceptiblement. Daumard ausculte rapidement le journaliste. Il a probablement une fracture.

“Ils avaient tous des armes”, lui dit Rozec dont l’œil commence à saigner.

37

ÉLI

Ils les ont entendus arriver. Ils n'ont même pas eu à les guetter, tant ils faisaient du bruit, des bruits, tant leur odeur avait obscurci le ciel bien avant qu'ils se mettent à hurler leur soif de sang.

Ils ont toujours su que ce jour viendrait. Ils ont affermi leurs corps, soudé leurs esprits, délié leurs muscles, et appris à leurs mains les mille tours dont ils auraient besoin.

Ils ont peint leurs visages en noir, en vieux noir, en noir de suie, en noir de nuit. Ils ont appris le goût de l'acier. Ils ont offert leurs yeux au seigneur vent, et confié leurs noms aux loups pour qu'ils ne cessent jamais de les chanter. Ils ont effacé leurs traces, une à une, comme ils font chaque chose, en psalmodiant tout bas.

Et quand est venue l'heure de la dernière nuit, il a lissé ses plumes. Puis ils ont éteint les feux, ils ont bu les cendres et ils ne se sont pas enfuis.

38

LAURENTIN

Comme il est désormais inutile de se faire discret, les gendarmes ont accéléré. Les frères Couble et le journaliste sont dans la dernière voiture. On a pris les virages au plus serré. Les moteurs et le crissement des pneus ont chassé les oiseaux du matin. Au sortir du petit bois de Brégan, là où la route s'incurve légèrement sur une petite colline pour gagner la ferme des Américains, les pick-up sont rangés en quinconce, un peu n'importe comment, et les hommes sont terrés au sol, dos à leurs véhicules, le fusil à la main.

On voit à la fenêtre brisée, à gauche de la porte, l'éclat intermittent de la bouche d'un pistolet-mitrailleur.

"Les caches de la Résistance", lui dit Daumard.

Un bout de bois dévale la pente. Le fils Ourseyre sort de sa cachette et l'attrape pour le relancer vers la maison. La grenade à manche explose et lui emporte l'avant-bras. Le sang qui gicle paraît noir. Il s'effondre en râlant. Tous se relèvent et arrosent la façade de leurs armes de chasse. On entend des fenêtres se briser, des balles ricocher sur les vieux murs puis le silence revient. Quand ils finissent par remarquer les gendarmes, les hommes de Fond-du-Lac gravissent la colline à couvert. Ils abandonnent leur blessé. Les hommes de Laurentin se déploient, instruits à défaut d'être expérimentés, en bas d'un triangle dont les deux autres sommets sont occupés par des gens en armes.

On récupère le fils Ourseyre qui s'est évanoui sous le choc. Daumard, impassible, lui fait un garrot. Laurentin fait appeler une ambulance et confisque son téléphone au journaliste encore hébété. Il tente de le convaincre de partir lui aussi pour l'hôpital, mais l'autre ne veut rien savoir. Puis Laurentin passe les appels qui s'imposent : le préfet, et la hiérarchie. Il peut presque percevoir au loin une vieille mécanique qui repart, toute une organisation qui se met en branle, comme les pales d'un rotor. Au moment où il raccroche, deux brigades d'intervention sont déjà en route. Il sait, il le sent maintenant, que le temps est compté.

Bien sûr, il ne s'attire que des hurlements en essayant d'interpeller les chasseurs allongés dans l'herbe. Du côté de la maison, le silence est désormais total. À tel point qu'on pourrait la croire déserte. Mais lorsqu'un groupe de trois hommes tente de contourner le bâtiment par l'ouest, une salve vient aussitôt les faire battre en retraite.

Aux jumelles, Laurentin évalue les possibilités pour son maigre peloton de couper les chasseurs de la maison et de les appréhender. Il confère avec Daumard, qui convient que c'est risqué, qu'on devrait attendre les renforts, mais qui pense que pour éviter des morts on pourrait se servir des voitures. Il faut juste espérer qu'on réussira bien à enfoncer la barrière.

C'est à ce moment-là que les portes de l'écurie s'ouvrent et que les chevaux en sortent, à l'amble, manifestement chassés par quelqu'un mais pas non plus paniqués par l'odeur de la guerre, étrangement calmes. L'un des chasseurs, sans doute Dupuis, oui c'est lui, le vent vient de soulever les herbes filasse et jaunies qui lui servent de cheveux, se redresse et épaule son fusil.

Un autre chasseur l'attrape par le bras et l'empêche de tirer, mais Dupuis le repousse en arrière. Il épaule à nouveau. En contrebas, les chevaux vont toujours aussi calmement vers la ligne de crête, au nord, là où l'antique forêt semble avaler le sommet pour le faire disparaître à la vue des hommes. En reprenant ses jumelles, Laurentin voit clairement la concentration de l'homme qui vise soigneusement. Mais aucun coup de feu ne vient. Dupuis s'agenouille, l'air surpris, presque peiné. De son épaule gauche dépasse une flèche à l'empennage rouge.

Et, alors que les chevaux arrivent enfin en haut du champ, un cavalier se redresse prestement de derrière la selle, fait volter le cheval de tête, deux fois, se met debout sur ses étriers.

"C'est elle", murmure Rozec, qui s'est glissé en première ligne.

Laurentin fait signe aux voitures de foncer vers les chasseurs. Dans la même seconde, il entend le bruit des moteurs qui bondissent, il croit même distinguer le murmure annonciateur de l'arrivée de l'hélicoptère qu'on lui a promis, il voit les chasseurs qui s'écartent du corps de Dupuis qui ne cesse d'agiter une main implorante vers le ciel, il goûte au jeu que le vent du matin joue dans les herbes trop hautes, il aperçoit l'archer qui bondit hors de la grange et qui court vers le couvert des arbres, il entend de nouvelles détonations. Et par-dessus tout, il entend le rire féroce de la cavalière qui volte encore une fois avant de plonger dans l'ombrée.

39

JEAN

Ils courent à perdre haleine. Ils courent comme ils couraient enfants, dans les mêmes bois qu'ils arpentaient naguère, qu'ils ont arpenté toute leur vie, avec le même mélange au cœur, la colère et l'ivresse, la fronde et le jeu, comme si de cette enfance révolue ils n'avaient jamais rien perdu. Ils ont des airs de prédateurs, ces deux hommes, ces deux frères. La pente les accueille, les arbres leur indiquent le chemin. Ils vont si vite que même le vent s'étonne, que même les chevreuils veulent se joindre à leur course, que les rapaces leur font un cortège.

Ils savent d'instinct où aller. Ils connaissent toutes les voies, même les plus secrètes. Ils dépassent des hommes égarés et hésitants qui perdent leur souffle. Ils les assomment sans même ralentir. L'un d'eux, ils le jettent dans la rivière, d'un violent coup de pied dans le dos. Ils se fraient un chemin.

Ils suivent la course du hongre, la rumeur qu'il laisse derrière lui. Ils se guident aux sons qui parcourent la terre, ils interprètent tous les signes, chasseurs primitifs revenus d'entre les âges. Ils essaient de lui donner du temps. Lorsqu'ils voient Ourseyre s'arrêter et épauler, Patrick se saisit d'un gros caillou et parvient à l'atteindre à la nuque, au prix d'un jet prodigieux. L'homme s'effondre. Ils le rouent de coups, brisent son fusil en deux. Quand il se relève péniblement, les deux frères Couble sont déjà repartis.

Finalement, les forces viennent à leur manquer. Ils s'arrêtent sous un orme, le souffle court, la poitrine qui fait un bruit de forge, les yeux exorbités. Dans l'ombre, ils voient en contrebas sur la route les camions de gendarmes mobiles qui arrivent, sirènes hurlantes, les hommes harnachés à l'arrière qui se préparent à mettre leurs casques, leurs visages flegmatiques. Ils comptent quatre camions. Ils crachent, inspirent, repartent.

40

LISON

Céline est en train de cueillir des framboises pour le petit-déjeuner. Elle s'applique manifestement à ne pas croiser son regard. Lison, avec les enfants tout contre elle qui l'aident à prendre soin des rosiers, relève la tête de temps en temps pour regarder son amie de nuit, sa sombre compagne qui plonge les doigts dans la terre meuble. Il y a si peu de bruit, pense-t-elle, tout juste les trilles de rares oiseaux. Gabriel pose quelques questions. Édouard casse des brindilles, puis grimpe sur le muret couvert de mousse qui délimite cette parcelle dont il héritera un jour. Il saute et roule dans l'herbe. Son frère rit. Il se redresse avec adresse et contentement, il a un port de petit roi. Le petit bois craque sous leurs jeunes pieds. Ils sont, sans leur père au-dessus d'eux, pas si loin du pays de la joie. On n'annonce rien d'autre ici qu'un recommencement.

Elle s'étonne toujours de s'être faite à ce point à ce pays, à cette terre et à ses climats. Petite fille grandie dans le béton, héritière par le sang d'une île qui ne connaît pas les vapeurs métropolitaines, elle sent pourtant que l'humeur de la forêt ce matin a changé. C'est quelque chose qui vient du sous-bois, qui résonne de tronc en tronc, comme une clameur dans un registre de son imperceptible, une onde invisible. Ainsi, quand le cheval entre dans le champ, elle n'est guère surprise.

C'est un grand hongre, gris pommelé, avec une cicatrice sur le poitrail. Sur son dos, la petite Louise a des airs barbares et l'homme derrière elle des yeux emplis de flammes. Ils sont couverts d'écorchures, les visages pleins de coupures, sa chemise est tachée de sang et, quand elle tend le bras pour l'aider à descendre, il boitille et grimace. Tant de fièvre fait reculer les deux femmes. Lison, d'une voix faible, d'une voix qui ne peut lutter contre le murmure grandissant du monde qui s'agite autour de la petite ferme, tente d'appeler les enfants. Édouard la rejoint, sans coup férir, ses petites mains encerclent sa jambe gauche, mais Gabriel, évidemment Gabriel, le front levé, demeure face à l'apparition guerrière.

Des sous-bois apparaissent leurs poursuivants, Ringrave sur la droite et Ourseyre sur la gauche. L'arme au poing, le souffle court, le visage marqué eux aussi, le front en sueur, pour l'un la tête ensanglantée, pour les deux l'air satisfait. La grogne du chien de battue sur les lèvres. Derrière eux, dans les arbres, pataudes, désordonnés, ahanant et jurant, le pas fatigué et lourd, on devine d'autres hommes qui descendent péniblement le flanc de la colline.

Sur la route, on entend des sirènes et des moteurs qui rugissent. Sous le petit pont de pierre qui borde le terrain en contrebas, là où seules Lison et Céline peuvent les voir, les frères Couble apparaissent à leur tour. De l'eau jusqu'à mi-mollet, des gouttes dans la barbe. L'un ramasse un énorme caillou qui dans sa pogne semble petit. L'autre sort de sa poche un couteau au métal terne, l'éclat de la lame semble insignifiant par rapport au lustre des carabines qu'à quelques mètres de là on recharge lentement, en reprenant son souffle. Louise, la petite Louise, et son compagnon se raidissent.

Un sourire renaît sur le visage de la jeune fille qui démonte et se penche vers le petit Gabriel qui s'est encore avancé, à peine, d'un pas ou deux, d'un pas ou deux de trop. Un sourire renaît sur le visage de la jeune fille qui souffle vers le petit homme des mots que lui seul entendra, une petite musique pour ses oreilles et aucune autre, un discours qui sort de sous ses dents blanches, rythmé par sa langue rose et pointue, qui traverse l'air comme une flèche. Et Gabriel perd un peu de son air buté. Et Gabriel sourit lui aussi, il lève sa main pour faire coucou, comme on dit de nos enfants quand ils nous adressent leurs saluts, puis il fait demi-tour et rejoint, en courant presque joyeusement, sa mère qui s'agenouille précipitamment pour l'abriter de ses bras.

Jean Couble dévisage lentement les deux femmes. Ses yeux clignent et disent merci. De cela Lison sera toujours sûre, ses yeux disaient merci. Puis il échange un bref regard avec son frère. Au clic que font les fusils rechargés que l'on referme, les frères Couble sortent du couvert. En quelques pas à peine, ils tombent sur Ringrave. C'est comme la foudre qui tombe sur des arbres centenaires, le vieux vent qui lamine les murs des cimetières, le fracas d'un train qui déraille. Une seule détonation retentit, Éli tombe en arrière. Louise rattrape le cheval qui a fait un écart, hisse le corps du jeune homme sur l'encolure et remonte d'un seul mouvement, fluide comme un torrent, et la jeune fille, sans quitter des yeux les hommes qui se battent, lance sa monture au galop dans le lit de la rivière.

Les chairs se cognent, les peaux se déchirent, à nouveau se dit Lison, les os craquent. Le reste des chasseurs débarquent alors et se portent au secours de leurs camarades tombés. Les coups de crosse pleuvent sur les deux colosses qui petit à petit s'affaissent. Le rythme de leurs coups ralentit, mais même défaits, et maintenant tenus en respect, lèvres ouvertes, arcades explosées, ils s'agitent et grognent et jusqu'à ce qu'on les assomme chacun d'un coup derrière la nuque, ils ont l'air parfaitement insoumis. L'un des hommes s'empare d'une grosse roche, la brandit au-dessus de sa tête, et se dirige vers le corps inerte de Jean l'ensanglanté, qui semble presque sourire dans son sommeil.

"De la part de ton père", dit l'homme mais au moment où il va l'abattre, un nouveau coup de feu retentit et l'homme culbute en arrière. Lison, Céline et les enfants se terrent un peu plus contre le mur de la ferme. Les gendarmes surgissent l'arme au poing, Lison et Céline s'agenouillent dans la terre d'un même mouvement, et l'un d'eux, cheveux gris, tenue kaki, mâchoire serrée, fait reculer les chasseurs de trois pas sans un mot, le pistolet de poing tenu d'une main ferme qui passe de front en front.

Édouard tire sur la manche de sa mère, et lorsque enfin elle se penche vers lui, il lui affirme, "On peut partir, maintenant, maman".

41

LOUISE

Quand elle sort enfin du lit de la Sianne, Louise prend le temps de flatter Silex, de le féliciter pour son pied si sûr. Elle se penche vers le corps inerte d'Éli et croit bien percevoir le léger souffle de sa respiration. Elle s'engage dans la piste qui mène vers le contrefort où se dresse la chapelle solitaire dédiée à la sainte qui marchait dans le ciel, pierres noires et grises assemblées là des centaines d'années auparavant. Elle sent la caresse subreptice du soleil, qui ne sort tout à fait de derrière la montagne de la Dent que pour être avalé par les nuages. Elle voit les promesses de pluie qu'apporte le vent du nord, et elle entend avant de le voir le pas lourd et fatigué du capitaine Laurentin qui lui barre la route, flanqué d'un vieux chien qui lui arrive presque à la taille.

L'homme est plus âgé qu'elle ne l'aurait dit de loin. Il a les yeux gris et lumineux, derrière des lunettes rondes en métal. Quand elle talonne le cheval vers lui, elle voit distinctement quelque chose se dénouer en lui. Il retire son képi et s'écarte. Elle s'arrête à sa hauteur, laisse glisser le corps d'Éli qu'il attrape doucement, comme on accueille un nouveau-né. Ensemble les deux hommes glissent jusqu'au sol, dans les bras l'un de l'autre. Puis elle repart, sans qu'il essaie de l'en empêcher, sans même qu'il la regarde.

Et enfin elle est seule, Apache, entre ses cuisses les puissants muscles du cheval qui jouent calmement, leurs souffles qui se mêlent, au-dessus de leurs têtes les sapins qui ploient sur leur passage pour les soustraire tout à fait à la vue du ciel, devant elle toutes les routes qui s'ouvrent. En quelques foulées, elle disparaît de nos contrées.

Et nous, vieux capitaine, enfants déracinés, jeunes mourants, hommes endeuillés, femmes abandonnées, fils et filles du monde mécanisé, nous les exilés, tous nous sursautons d'un coup. On l'entend enfin, après des décennies de silence, timide peut-être, l'œuvre d'un solitaire, d'un éclaireur, pas encore celui d'une meute, mais bel et bien là : le hurlement du loup.

p. 23 : “Goin’ Back” est une chanson des Byrds, parue en 1968 sur l’album *The Notorious Byrd Brothers*.
p. 168 : “The First Time Ever I Saw Your Face” est une chanson de Roberta Flack, parue en 1971 sur l’album *First Take*.
p. 179 : “Vincent” est une chanson de Don McLean, parue également en 1971, sur l’album *American Pie*. La coïncidence est fortuite.

L’association Terre de Liens mentionnée page 55 existe réellement. Pour en savoir plus : terredeliens.org.

REMERCIEMENTS

Merci à Marion Clément, sans qui rien ne serait possible.

Merci à mon éditrice Marie Desmeures pour sa patience et son tact, sa méticulosité et son enthousiasme.

Merci à Sean Michaels, pour le compagnonnage.

Merci à Sophie Maurer, François Perrin, Thomas Rozec, Vincent Théval, Guillaume Villadier et Christilla Huillard-Kann pour leurs précieuses lectures.

Merci à Guillaume Jan pour la constance et la simplicité de ses encouragements.

Merci à Martin Tronquart pour la même chose en plus juvénile.

Merci à Muriel Lacoue-Labarthe et David Por pour la même chose en plus subtil.

Merci à Gabriel Lenot, pour tout.

Merci à Peggy Liby et la résidence Les Avocats du Diable, à Vauvert.

Merci à la revue *Billebaude*.

OUVRAGE RÉALISÉ
PAR L'ATELIER GRAPHIQUE ACTES SUD
REPRODUIT ET ACHEVÉ D'IMPRIMER
EN AVRIL 2021
PAR NORMANDIE ROTO IMPRESSION S.A.S.
À LONRAI
POUR LE COMPTE DES ÉDITIONS
ACTES SUD
LE MÉJAN
PLACE NINA-BERBEROVA
13200 ARLES

DÉPÔT LÉGAL
1re ÉDITION : OCTOBRE 2020
N° impr. : 2102143
(Imprimé en France)